人生虽已看破,
仍要突破

吴淡如 著

图书在版编目（CIP）数据

人生虽已看破，仍要突破 / 吴淡如著. -- 北京: 北京联合出版公司, 2019.10
ISBN 978-7-5596-3503-7

Ⅰ.①人… Ⅱ.①吴… Ⅲ.①散文集－中国－当代 Ⅳ.①I267

中国版本图书馆CIP数据核字(2019)第158175号

北京市版权局著作权合同登记号：01-2019-5641

本书经有方文化有限公司授权，非经书面同意，不得以任何形式任意改编、转载。

人生虽已看破，仍要突破

作　　者：吴淡如
出版监制：谭燕春　高继书
选题策划：厦门外图凌零图书策划有限公司
责任编辑：郑晓斌　徐樟
装帧设计：丁　瑶
封面设计：陈文德

北京联合出版公司出版
（北京市西城区德外大街83号楼9层 100088）
北京联合天畅文化传播公司发行
厦门市竞成印刷有限公司印刷　新华书店经销
字数115千字　700mm×1000mm　1/32　7.5印张
2019年10月第1版　2019年10月第1次印刷
ISBN 978-7-5596-3503-7
定价：48.00元

版权所有，侵权必究
未经许可，不得以任何方式复制或抄袭本书部分或全部内容
本书若有质量问题，请与本公司图书销售中心联系调换。电话：（010）64258472-800

目录

自序　就让我当个"花豹型"选手吧　　1

卷一　那些生命中意义重大的旅行

越早独立生活的人,越早成为人生的旅行者　　10
若你一个人在巴黎,灵魂会看见自己　　15
那些年,在印度学到的放下　　20
在南极,决定转变人生　　23
在老是内战的也门,聆听一个天方夜谭的启示　　30
一个人旅行,怎么会孤单呢?刚好可以自我对话　　36

卷二　身体与灵魂,总有一个在路上

当本我遇到超我　　46
从体育残障生到马拉松跑者　　52
百分之四的劣等生终于跑完全马!　　61
我是必须勇敢的假英雄,完成戈壁一百公里!　　69
富士山,我终于来了;高山症,终于不是阴影!　　93

卷三　我听见学习的鼓声

别让三十岁之后，精彩人生就死了　　100
我不是个专一的人，却是个专心的人　　122
别被劝告大队带着走！商人之道如此壮阔　　132
相信时间的力量　　152
就让我用一杯咖啡，换一刻灵魂自由　　158

卷四　中年后的你是否还拥有一张快乐的脸

不该忧烦的，你拼命计较；该在意的，你竟不珍惜？　　170
好朋友使你眼界开阔，坏朋友让你仇人变多　　182
对过去的恐惧，迟钝点好；对未来的改变，敏感点好　　198
自己的松果要学会自己理　　211

后记　宁愿向阳光多处走，记忆躲在时光幽暗处

牯岭街　　223

自序

就让我当个"花豹型"选手吧

从二十一岁开始出第一本书算起,这是我最长一段时间没有出版任何书籍。离上一本书有两年了吧。

虽然没写书,我也没闲着。不是面临任何瓶颈的问题,而是企图摆脱我脑海里那个"非如此不可"的定律的问题。

就像一个每天一定要练舞的芭蕾舞者,跳了许多年,忽然,有一天,她想挂起她的舞鞋,看看那双不被舞鞋包覆的脚,还可以有什么样的行动和姿态?

写啊写,跳啊跳,纵然是心头好,却似乎被一只看不见的手,或飘荡于空中的音乐所左右,使她在那个主旋律之外的空间,无法按照自己的真实意愿而生活。

过度的热爱往往也磨弱了灵魂,销蚀了生命的厚度。固执的爱,从来是一种要命的独裁。

这两年来,虽然没有"一心一意"地写书稿,但是日日夜夜,夜夜日日,我无时未曾听见那打字时嘀嘀嗒嗒的声音,甚至每一回一提起笔来签名,都恍惚有个拍击着翅膀的小飞虫在警告我："是不是应该……应该写些什么？"

我从小嗜写如命，也曾经依靠写作谋生，这两年的离开，已是我最大的叛逃。

终日思之，何日忘之。

我用"忘了写书"的方式来实验生活，像个逃犯一样用比较充裕的时间享受分外的自由，认认真真做了许多想做的事。当然，在写书和工作之外，我通常也善用时间，完成我想要完成的事情。但是，去除"主旋律"后，柔软度和弹性，甚至角度，大有不同。

我几乎不再出现在荧幕上。这两年，我跑了好些个马拉松，又念完一个硕士，考了一些纯娱乐性的执照，比如帆船、品酒师……固定练习瑜伽和肌力，为了拓展公司业务在许多国家跑来跑去，认真看财报，投资了几个目前都还在运行的项目，常常出现在和我的穿着不是那么协调的穷山恶水和加工厂……在孩子有假时，带着孩子去各大洲体会生活，也让她了解妈妈的公司和工作。

最重要的是，我要她明白：如果你会过日子，生活很有趣。

我但愿自己能抱持着"生活很有趣"的看法，直到最后一次呼吸。

这就是我所谓的幸福。

很简单，却也没有太容易。正如我明白能跑完全马还毫发无损，对我这种资质不佳的人，需要多少咬紧牙关的练习。

我刚刚在平均温度五摄氏度的状况下，跑完奈良马拉松的全马，狼吞虎咽地吃完一大盘牛排，当身体回温之后，我的第一个念头是，太好了，我终于有了足够的能量，来为我的书写序。

充满行动力的能量，是我所需要的美丽惊叹号。我推开笔记本电脑，拿起笔，摆出稿纸，回复成最初，或许是十岁时，或许更早，那个在乡野长大，身边分明没有任何叫作"作家"的大人，却坚持着想要写书的女孩的心情。从第一个字开始，仿若一个被命令不许接触钢琴的琴师，终于能够有指尖再接触黑键白键的那一秒，暖流从指间流窜到心脏与额头，连眼窝都是暖的。

好了，好了，对了，对了，我将自己缉捕归队。那个队伍，始终只有我，对应着这世界各种美妙的声响与种种实相或幻象。

我其实一点也不想做一个像作家的作家，一点也不想在任何既定队伍后头排队、编号、受表扬。

用可爱动物来解释吧。

我从小不是一只羊。

羊是容易被圈养的。它们柔顺，偶尔会有一些小脾气，但是对于自己的未来没有不一样的方向，害怕脱离原有的牧场，接受命运，但求每日有足够干粮。

也不是牛。

牛任劳任怨，只要戴上了牛轭，就能忍耐上身的鞭痕，跋山涉水，去自己未必想去的地方。每天拉着车，耕着田，不知安息为何物，忍耐且认命地顽抗着岁月。

当然也不是家猫。不能满足于吃吃睡睡。野性顽强，谁也养不了，不够可爱，不足讨好。

也不是狮子。没有以力服人的本领，对权势与统御十分不感兴趣。

如果可以选择，让我当一个"花豹型"选手吧。

没事的时候，懒洋洋地端坐在树上观看，有事做的时候，效率极动感。

我也可以努力，可以尽力，但就是不能没有目的地地长期费力，不知自己为何要跟着同样的步调和作息度过此生。

对我最不管用的说法，就是"他们说"。他们是谁？

他们与我何干？

很多个"他们说"就是对的吗？

不，不，从历史看来，最强大的"他们说"走的都是一条最荒谬也最无趣，甚至最不理性的道路。

就让他们说归他们说，我宁愿在非洲莽原，静栖在某一棵树上，享受一个有树叶沙沙声做伴的午后，或者，静静观察着我想要的猎物，并风驰电掣地追捕它。

我只想用自己的步调前进、生活。他们，请随便说。

———

其实在我看来，要活得有趣或精彩，不难，"有趣""精彩"是"自己觉得"，绝不能"他们说"。你把一切活成"他们说"，"他们"恐怕在你的人生中，也找不到任何可能感谢你的机会。

年少时，我曾经很困惑于他人的眼光、他人的说法，积极争取他人认定的荣耀，想感受他人到底觉得怎样才是对的。

不过是在缘木求鱼。

想活得有趣和精彩，其实也不用看我这本书唠叨些什么。

简单说，一是，要会整理自己的情绪。

情绪很多，又不懂得收编它们，常常泛滥或爆发的，不管你一辈子得到多少东西，甚至五子登科，你都会亲手埋葬自己的幸福。

是的，我看过不少到了中老年，却永远让自己的情绪掌握人生的人。就像水手，只相信海浪，不相信自己能够掌握舵和风帆，乘浪而前。情绪多的常自以为"感性"，其实真的对不起这两个字，他们既不感性也不性感，叫作任其一塌糊涂。

二是，离开"他们说"，尽量丢掉自己的"社会比较"心理，整顿出自己喜欢的生活步调。如果一个人做什么都要有人陪，才不觉得孤单；做什么都是有人赞同，才有安全感；有所谓专家认定，才敢前去，那么，也只能永远做一只羊。

三是，勇敢。其实除了岁月，你没有什么好失去。想做就踏出去，你不用看别人脸色，让你的感性与理性指导你。放手一搏（Go for it）！

日本的纳税巨富齐藤一人曾经举过一个例子：你眼前有一杯咸水、一杯糖水，从外表根本看不出来味道到底是什么，你为什么要想个老半天，犹豫不决？喝一小口不就知道了吗？没有人会强迫你全部喝完。为什么你要浪费你最大的机会成本——时间，皱着眉头在那里想了又想？

这本书，为了我想写而写。

写给跟我一样，不想当羊的人。

你知道的，我们出生在羊群中，习于听到吆喝和牧羊犬的使唤，不当只羊，不容易。

但也简单！

卷一 那些生命中意义重大的旅行

我习惯离开,喜欢异地,
不畏惧未知,不害怕不确定。
我相信,如果我选择的道路和其他人不一样,
就会有不一样的风景在前方。

越早独立生活的人，
越早成为人生的旅行者

我很早就开始独自旅行。

我对旅行的最简单定义是离开家，到某一地方，独自生活一些日子。

不只是走走逛逛，到风景区拍照。

一个习惯旅行的人终会发现，那些被推荐过的景点，往往是最缺乏当地日常生活色彩的地方，其实没去也不是太可惜，看到的东西，通常不会比样板明信片美丽。那些"宣传照"，不管多美，不会让心呼吸。

景点很像我们平时习惯用的老掉牙成语，虽然形容的是"大家都觉得对"的共同经验，但一讲再讲，就变成了无新意的老生常谈，我们对它麻痹到全然忘却了它本来的意义。太习惯的东西，磨灭了我们感觉中细致的可能。

旅行，我也会到观光区，但是，不只到观光区。

每次看到那些兴高采烈跟着某个代表特定观光区的碑铭合照的人，我总忍不住微笑，想着："证明自己曾经到过某些地方，到底有什么特别的意义？"除了展示和炫耀之外，他们可在意自己走了那么远，还为了一些别的什么东西?

走了那么远,若跟着熟悉的人,谈着其实不必走那么远就可以聊的事情,坚持固有的味觉,吃着其实和自己家乡里差不多的口味,最后得出一个跟古人差不多的结论:"还是家乡好。"

那么,其实不必旅行。

旅行的意义,对我来说是离开轨道;地球不能够离开绕行太阳的轨道,但我们能。候鸟为了求生,遵照着某种近乎神秘的雷达冬去春来,只能沿着它祖先的命定轨道飞行,不能够更改途径,但我们能。

身为人,只有一个特别可爱的权利:我们有权更改生活的方式、谋生的地点,只要我们想要。

那是我永远不想放弃的权利。

旅行对我意义重大,胜于求学本身。

我十四岁就离开台湾东部的家乡,到如今,我在外地生活远超过家乡。我习惯异地,没有什么鲑鱼概念[1],觉得人老了一定就要回到家乡才是完美人生。

---

1 鲑鱼概念:据说,鲑鱼是在河流的水源地出生,在它成长的过程中会不断地游向大海,虽然在海中能自由地生活,但在生命的最后一季,总是要奋力游回故乡,在淡水区产卵,甚至死亡。

甚至，我不怎么喜欢家乡的阴雨连绵。

小时候，我的家乡一年曾经下过两百天的雨。这种逃不了的潮湿感使我热爱阳光。

我最喜欢的只是家乡的壮阔太平洋。成长在鱼市场旁边的我从来没有爱过河鲜，对海鲜的新鲜度也非常敏感。家乡对我的影响，让我变成一个"被天然食材宠坏了的乡下孩子"，到现在我还是坚持只要开伙还是到传统市场买菜，总觉得超级市场里卖的用塑料袋或真空装、罐装的东西跟宠物食品是类似的意思。

现代父母都舍不得让孩子离家。

感谢我父母的放手。但说实在，十四岁，不太多的生活费，一个人到大都市念书，对我充满意义。

它让我学会三件事。

一是，为了活下去，你没有权利成为生活低能症者。

二是，为了活下去，你必须懂得如何跟外在的世界保持和谐关系。保持和谐，但又不要完全被外在环境左右，的确是一门生活的艺术。这一点，少小离家的孩子容易学。父母的影响力在孩子离家生活的那一刹那减到最低，让孩子可以好好自我觉醒，不受干扰地思考自己到底是谁，并且维持一种对生活的警觉。

三是，学会量入为出。我很早就明白，不能够不留明天的饭钱，不可以为了今天的欲望，让明天的自己饿肚子。

我没有太怀念当时除了升学主义就是教条主义的保守学校，也觉得高中苦念的那些书其实只是把初中再学一次，耗费了青春的黄金时间在许多死背的学问跟死板的愚蠢规定里。但我仍然觉得，少小离家，仍是我一生的至美关键。

离家后，生活变成了一连串的小小冒险，而选择变成了旅行者必须具有的判断力，我必须喜欢上我选择的生活。

及早独立应对生活让我没有那么畏惧未知，也不害怕不确定，反而偏爱带着好奇心和勇气来看："如果我选择的道路和其他人不一样，那么，是不是我会看到不一样的风景？"

越早独立生活的人，越早成为人生的旅行者。

我当过好些年的旅游编辑和记者。我对于出差乐此不疲，到了机场，眉头扬起，心里舒坦，开始感觉到心脏有新的血流注入……到现在还是一样，我曾经一个月搭二十二趟飞机，是的，有点累，但仍然兴奋。

离开了旅游记者的工作，我更爱上自己选择的旅行。十年前，我刻意把事业投资慢慢转向海外。我是个怕重复的人，旅行，如果光是吃和玩，也常让我觉得空白。我参加过一两次欧洲米其林之旅，每一顿都是美食美酒，大概到了第三天，过度丰盛的食物对我就不再是恩赐，而是负担。能够做一点别的事，增加了观察的乐趣，才能使旅行更添精彩度。

我希望的旅行，不只是比较美好的吃喝拉撒睡而已。

我在找的是一些不一样的东西。

若你一个人在巴黎，
灵魂会看见自己

命运，是由不经意的偶然凑合而成。

海明威在《流动的飨宴：海明威巴黎回忆录》中说，如果你年轻的时候在巴黎生活过，那么巴黎就将是你心中永远的盛宴。

二十五岁那一年，我是个不畅销作者，不重要的打工族，已然厌倦工作中的重复，情商不高，感情上一直受挫，活不好，只想逃。看了海明威的《流动的飨宴：海明威巴黎回忆录》，我把好大一笔工资换成机票与生活费，一句法文也不会说，我到了巴黎。

小部分时间学法文，大部分时间卖稿为生，未来茫然，现实也让人惶恐，最大的资产是年轻，年轻最大的机会是不怕失去。

那年，我住在一个越南裔女孩租给我的小公寓。她是个有证照的会计师，每年却只愿意工作半年，剩下半年领失业救济，她说那样最聪明。领失业救济金的日子里，她打着不用报税的零工，研究食谱，交男朋友，不结婚，滑雪飙车，想法很"巴黎"。

巴黎的冬天湿冷，当时的星期天因为工会拒绝的缘故，什么店都不许开门，坚持在周日开店的杂货店老板还会受暴徒攻击。你只能在街上晃荡，欣赏所有别具心裁的店家橱窗，在咖啡厅坐一下午，或者在广场上看比你忙碌的鸽子。

难怪有句名言说，很多人精明果断，却不知下雨天的周日如何和自己相处。

世人对巴黎的了解，是伸展台上的霓裳魅影，是卢浮宫的蒙娜丽莎，但巴黎人的浪漫其实老在和现实碰撞，地铁口会有穿着旧貂皮大衣乞讨的老妇，用她的温暖微笑换取一顿饱餐。

街头，落叶和狗屎从来不缺，新旧建筑也从不违和。浪漫或现实其实没有距离。

巴黎人有一种天生的优雅，但优雅也是冷漠的同义词。他们不会在表面上歧视谁，但如果你长得好又穿得体面，他们才会尊重你，丽兹酒店的门房和香奈儿店员的眼睛都似雷达，一秒钟内就会判断是否该慎重服务你。巴黎人了解什么是必须要有的表面文章，所以不少巴黎女孩连出门遛狗都是一幅美人图，让人频频回顾。

在我看来，巴黎女人最钟爱的色调是灰色，有牛奶气息的灰，搭上所有的色彩，都可以美妙和谐。

那年在巴黎，我过得很挣扎，几乎忧郁，年轻的我自以为怀才不遇，而且满心愤世嫉俗，年轻时我自尊心太强，自信心其实薄弱，幸福感从小对我来说就是稀罕之物。但巴黎仍是我心灵故乡。**我学到了什么是C'est La Vie（人生就是如此），这不是用来举杯庆祝的，而是在遇到困境时，安慰自己，面对吧，这是生活，努力得头破血流不如珍惜每一口咖啡和每一个有阳光的瞬间。**巴黎人重视每一顿饭，连流浪汉都知道最便宜的棍棒面包在哪一家买，什么时候出炉最好吃。巴黎人的烹饪技法多半高妙，同意钱赚得多还不如吃得好。

当然，每一个国家的意识形态形成，跟它们的社会福利政策必有关系。就我看来，法国人对于国家会养他们终老的信心太高，不想过度奋斗，这种心态对年纪大的人来说是乐天知命，但对于年轻人而言就换成了失业率过高的数字，高不成，低不就，反而也可以过得不差。法国应该庆幸的是，他们的确拥有全球游客们向往的旅游资源，可以用最现实的态度贩卖浪漫。

历史、旅游与故事，才是地球上真正的稀缺资源。虽然我也会嘀咕爱马仕铂金包就算制作再精良，但凭什么卖那么贵？觉得那些疯狂搜集铂金包的贵妇是不是钱多人傻，没事干加上被名牌催眠，被商业世界的恶势力所挟持？事实上，我自己也买过两三个。那种"你一生一定要拥有"的口耳相传真是一种神秘的诅咒。这也证明我实在只是个俗气的女人。

我常开玩笑劝朋友，失恋、失意、活不下去，别做傻事，既然你有勇气不想活，抱怨命运刻薄，那为什么不干脆"铤而走险"？买张机票独自去巴黎。

每一年，我还是会抽空回巴黎。到每个我熟悉的地方重温旧时梦。和许多新兴国家比较起来，它变得不多。我会租个圣母院对面三百年历史的老公寓，假装自己是个长住在巴黎的人，到果菜市场买菜，到跳蚤市场淘宝，吃路边的生蚝，以夹着西班牙伊比利亚火腿的法国面包当午餐，吃饭时总会点一杯红酒，可庆幸的是塞纳河畔整治得更加宜人，就算只是成天一个人在河边散步，我都能够露出享受的微笑。

年轻时候看着老佛爷百货里漂亮的衣服和包包，心里总想着：如果有一天，我买得起多好。现在回到巴黎，的确买得起了，但什么都不想买。这就是人生。

美食亦然。

年轻的时候在巴黎，看到那些漂亮的餐厅，多么想每天可以"吃饭不要计算价格"地过日子，现在的我，的确不需要计算价格，要算的竟然是卡路里。

是，是，C'est La Vie!

人生不是你"想当然尔"的。

我每年回到巴黎，其实拜访的不是风景名胜，我拜访年轻时的自己。有这么一个地方，让我可以追忆似水年华，是美好的。

身为历史上极少数一辈子都可以在太平盛世度过的我，多么庆幸自己在年轻的时候待过巴黎。海明威，你是对的，巴黎是我心中永远的盛宴。一个永远静静在微笑的，蒙娜丽莎。

如果你有幸在巴黎孤独地生活一段日子，那么你就会染上某种巴黎人的气息：碰上再糟的事也值得优雅度日，情人没了流一场伤心的眼泪后再谈个恋爱就是……**如果你好好对待生活，很多固执会脱去僵硬的外衣，灵魂或许才能看见自己。**

那些年，在印度学到的放下

刚跨过三十岁的那几年，应该算是我感觉自己最老、最茫然的时候。单身，收入颇丰，忙碌，有过几段不太如意的感情，也有固定男友。看来生活精彩，但是只有我自己明白，我的灵魂多么虚弱。

那几年，大过年假期长，我一结束工作就飞往印度的某小区修行，糊里糊涂上了一堂"萨满的大地能量课程"，课前甚至连萨满是什么都没搞清楚。一上课才知道，老师是一位新时代的印第安女巫。

有一堂课，她要我们闭着眼睛想象自己是某种动物，又吼又叫；随着音乐群魔乱舞，围着一个想象中的火炉，从外往内，每一步，都要想到不愉快的事，不管大小，不论是谁，狠狠把那个讨厌的事或人，丢到火里烧掉，兽吼一声！烧了什么只有你自己知道。

"不管是厨房里的蟑螂、童年阴影、父母、负心男友！别怕，都烧掉！"

祭典音乐响起。我本来以为我从来不记恨，没想到我能丢进火里烧掉的东西，还真是源源不绝！音乐乍停时还没烧完。闭眼的我听见身边不太熟悉的各国同学,有人声声啜泣。

换成了非常温柔的音乐。"把你烧掉的东西,一一捡起来放心里,每往外走一步,捡起一个,往后一步。"

无声的泪水流下来。我明白放进来的东西已经和我烧掉的东西不一样。从小最让我纠结的,其实是不管我怎么做,从来没让母亲满意过⋯⋯当然这也是每年过年时我不愿回家面对团聚的原因。我的逃亡性格一直浓烈。

当下这个领悟不可能骤然改善关系,但它帮助我面对了原本想要隐藏的某些爱恨痛忧。我慢慢地了解,母亲也并不是故意要让我不舒服,她内在或许也有某些能量在冲撞着,焦虑地在寻求某种出口。她不觉得自己幸福,所以并不知道自己变化如浪的情绪与不规则的控制欲会让爱她的人难过。

多年观察,不管拥有多少,只有一种女人能够真正幸福,那就是:诚恳面对一切困扰,能解决的解决,不能解决的就不忧恼,自己活得不欠缺,自觉幸福。不管别人说什么,她知道自己在做什么,并能自我对话:"嘿,现在我能为你做什么?"

那是真正有价值的理性与感性。

最不幸的,就是一味觉得自己孤苦,一直向外求怜，把愿望及控诉都挂放在他人身上。

要让女人活得好的能力，始终应是自发性的。恶水不时会来，若不想溺水，你得学会游。你要活，就要让自己身体愉快，精神也健康。

身体愉快——有时随兴放开跑个五公里，比在原地焦虑地想着问题好。

精神健康——做你喜欢的事，比如阅读远比聊八卦或追剧让我不空虚。

我们的能量必须是一口井，那个掘出源源涌泉的人，始终是勤于自救自足的你。

————

我在印度学过好些课程，包括自由绘画、自由舞蹈等。这些印度的老师启发我的是，只要你喜欢你的画，那就是美的；不管学什么，他们让我明白，只要一心一意的，用安静的心学习，本身就是一种享受。

我的印度经验，让我在离开学校之后，真正地爱上学习。不管学到什么，把它当成是一种恩赐。

在南极，决定转变人生

年轻的时候，我曾经跟自己约定，四十岁之前，我要到南极。

南极是天之涯、海之角。

我对南极的向往，并不来自冰和雪、梦想或征服。跟企鹅也没有什么真正的关系。

只是一个约定，南极是我能够想到的，地表上最遥远的地方。活着，总要有个还想去的所在。所以最遥远的是南极。

我不是一个"总是"浪漫的人。

应该说，很早就必须开始谋生这件事，使我在实际生活中会非常考虑现实生活面，也了解生存其实是残酷的。如果在生活上感觉困乏，在心态上的浪漫只不过是强颜欢笑。

奥修曾经这么说：如果释迦牟尼的出身不是王子，那么他不会那么早看穿人间富贵；如果他是生在恒河畔自幼习于看见死尸漂过、天生必须为温饱挣扎的少年，那些生老病死的凋零，就无法在他的年少时光投下那么重大的震撼，让他离开他那终归虚无的富贵荣华。

他明白什么是俗世间最好的日子，所以他对一般人心中贪慕的生活没有渴望。

我也深信一个人在一直与饥饿为伍时，不会太有心情为眼见的好山好水写歌。除非他写的是"茅屋为秋风所破歌"（不好意思，开杜甫一个玩笑）！

我是一个活得很俗气的文青，甚至，我只能叫作一个爱写文章的伪文青。

我对生活的浪漫面在于，在温饱之后，我想做的事情，未必要有什么目的，有时候我的目的看来非常空洞而没有根据，不为什么，纯粹只是因为承诺，对自己的承诺。

南极有我所爱的英雄罗伯特·斯科特（Robert Scott）的故事。

———

去南极。

斯科特是英雄吗？历史上对这个悲剧英雄素来有两极看法。一九一二年，代表英国的他，和挪威队像比赛似的，看谁先在南极点插上自己国家的旗子。他输了，而且求仁得仁，在距离安全地点不算很远的地方过世。不过，那些相信他错误判断的队友，可就陷入了一场非常冤枉的灾难。

最大的错误，听起来有些可笑。斯科特坚持用马和人，甚至征召了精于马术的队员。显而易见的，就算是西伯利亚的马匹也无法忍耐南极的酷寒，这站着睡觉的动物在冰原上根本无法休息，他一厢情愿的判断，制造了几乎应该称为虐待动物的悲剧和队员的惨剧。尽管非常努力，但他们用错了力气，最后，全军覆没。

他的对手挪威队，用着因纽特犬以及精良的滑雪设备，采取了最专业的意见，不但先驰得点，而且只花了出乎意料的短时间，像办了一场精彩的冬令运动会般，在冰原上畅快滑行了两千多公里，毫无损伤地到南极点，插旗后立刻愉快地回返。

举个例子来说明这两个队长的行事风格好了。挪威队在出发前，队长罗阿尔德·阿蒙森（Roald Amundsen）订下了一个严格的行进规则：无论是晴是雨，每天一定要前进20英里[1]，不准多也不准少。就算情境再困难，也一定得尽可能前进，更不得利用任何借口逃避。

虽然，他们有四分之一的行程在暴风雪中度过，依

---

1 20英里≈32千米。

然日日前进。反观英国队，在遇上暴风雪时，可以连续六天按兵不动，要不要动，取决于斯科特个人的判断，或是情绪问题。

不只是成败，而且是存亡。百年后，最常被提及的名字，其实是斯科特。历史对他有选择性地记忆。挪威探险队长阿蒙森的名字不怎么被记得，但是让队友们因为他的武断同归于尽的斯科特成为一个永难磨灭的传奇。

斯科特有着悲剧英雄的所有特征：固执、轻率、暴躁、英雄主义、宁死不改。或者因为如此，他有着人性化的亲切感，看来和平凡的我们如此接近。他对这一个丧命的失败的总结，写在日记本中，只说：我们运气不好……

除了他自己，恐怕大家都看得出，这不只是运气问题，挪威的那个队伍，一样遇到了无情的暴风雪，一样遇到险峻的地形。

我从智利飞到南极的乔治王岛，在飞机上待的时间久到想要跳机的地步。在南极，风忽弱忽强，忽然来袭的一阵风可以轻易地把人吹下山丘；温度和天色瞬息万变，那种一分钟之内可以相差十五摄氏度的温度，果真不得不让人敬畏地明白：其实人的力量多么微弱。在那冰冷而清新的空气中，没有阻拦的视野里，的确能体会到什么叫作天高地阔的孤寂。

那个时候,我刚好四十岁,是一个过日子过得很顺遂很烦闷的人。那几年我像公务员似的按表录制一个又一个节目,每天不是电视就是广播,还有日日都要交的专栏稿。我过得似乎充实,也算富裕,但就是了无新意。

按部就班,过得不错,但好像失去了热情。

我遵照自己给自己的承诺,四十岁去南极。

这一点,回想起来是浪漫的。如果非常在意自己给自己的承诺是浪漫的话。

年轻时渴望着一种重信用的爱情,到了四十岁最大的"不惑"就是明白,那一个会为你赴汤蹈火的王子在现实生活中不会存在,任何海誓山盟在柴米油盐中只会变成墙面的青苔,而最在意承诺的,除了你,呵,就是你。

你必须在意自己的承诺。

返程,为了等待飞机能够起飞,我在乔治王岛等了二十多个小时,唯一能吃的只有椰子饼干。我和两个机师聊起斯科特。那两位飞行年限加起来超过六十年的机师,让我感觉风雪再大我都会很安全。

"你知道吗?有一次,我等了五天,一百多个小时,才能起飞!"他一点也不着急。

"最重要的,不是等多久,而是可以平安回

到家！"

另一位淡淡地说。

耐心。静观其变。当你不能改变时，你只有等待。

最有趣的是，离开南极之后，我做了一个有趣的决定：重新读书，念商学院。

必须等待时，等待；可以改变时，改变。

为什么是商学院？听起来没有关系。其实是回来之后，我看了一篇管理的文章，讲的就是二十世纪初的南极探险，里面引用一位探险家的话说："如果你只是想要探险，请斯科特来；如果想有效率的探险成功，请跟着阿蒙森！"

之后的文章，就是管理学的内容了，讲的是制度、自律与效率和流程控管，才是企业存亡关键。

那似乎是我想懂的……我不想活在我已经擅长处理的生活中，显然我不是什么山中高士的清高性格，那么，我就选择接近现实社会一些——一个文青的脑袋充满感情与激情，并没有什么效率与思考模型。后者，是我想要了解的。

所以我回到学校，去念了台湾大学的EMBA。

起初无意于转什么型，但的确让我的人生开始了新的一页。

我在南极间接地了解了一件事：其实，我的确不是个真文青。

如果我是一百年前的探险队员，可以选择的话，我选阿蒙森，我不想当陪斯科特送终的勇士啊。

学会有组织地了解现实世界的商业战争，南极，的确在我的选择上有了天降神兵似的启发作用。我去念商学院的理由的确很牵强。的确。但任何一个理由，最重要的不在于是否说服得了众人，而在于它是否可以说服自己。

在想寻求改变时，任何一个微小的理由都可以说服我自己。因为我想要说服自己。

在老是内战的也门，
聆听一个天方夜谭的启示

那一年去也门，是一个很匆促的决定。

我忙得昏天暗地，尤其是在过年前总是没日没夜地在摄影棚里度过。在录像的休息空当还得一边赶着专栏稿，如果这些都叫工作，那么我一年有三百六十五天，一天有十六个小时都在工作。

没有时间计划旅行，当一个朋友跟我说，只有这个行程还有名额的时候，我就糊里糊涂决定去了，根本还不知道它位于阿拉伯半岛的哪个地方。

对我来说，旅行有时候是有计划的逃离与没计划的结果，这种"傻勇"我一向有，结果自认为很能在旅行中随遇而安的我来说，也门还真是一个需求"随遇而安"的勇气相当高的地方。

开放过几年之后，如今的也门又长年陷于内战之中，几乎没有游客上门了。

当时我心中想象的也门，是天方夜谭的阿拉伯世界，阿里巴巴和四十大盗的故事，还有《圣经·列王记》

里示巴女王所统治的富强古国，宫女们穿着飘飘的灯笼袖，拿着擦得亮亮的阿拉伯神灯走在太阳神殿与月亮神殿里……

对，我的想象力太放肆了。

一飞到也门那个军用机场，我好像进入第二次世界大战时代的战争故事，面目严肃的军人，用他们的浓眉大眼盯着一群不知死活的游客。所有来机场载游客的"出租车"，都比汽车报废场里的车子糟，没有门，没有冷气，最厉害的是它们在沙漠中还都能跑得很快。

连五岁的小孩都拿着AK-47步枪和圆月弯刀，简陋的旅馆外头，民兵拿着迫击炮，指向天空可能飞来轰炸的飞机。天哪！我到底来到什么地界？

漫漫黄沙中历代人们徒手盖出的石头建筑，天色蓝得超乎所有的蓝，干燥的天候，只要远望就可以看到几道龙卷风飞起。我第一次发现其实龙卷风是有颜色的——贫穷的国度老被当成垃圾场，难以被大自然消化的垃圾袋，黑黑蓝蓝，随着龙卷风满天飞舞。

其实第一天踏进也门这个国家，我就像误入丛林的小白兔一样，想逃。

但精彩的还没开始。第二天，全团来自各国的游客被也门国家军队保护着，一起出发探险。两个人一部车，一个导游，带两个民兵。他们就坐在吉普车的后座，嘴里嚼着含有麻醉药作用的阿拉伯草，拿着AK－47步枪准备对付沙漠中随时会出来抢劫游客的游击队。十几部吉普车一起出游，前后都由载着武装士兵和扫射机关枪的卡车压阵。我只能说，真的……再酷也没有了！我感觉自己是来拍第二次世界大战电影的。

但是，对于一个目的不单纯，还想要在旅游中获取一些惊叹号或转折点的旅行者，如我，当时想要不择手段逃亡的地方，其实都充满意义（事实上算起来到目前我最常去的地方是日本，也在那里开设公司，但这个国家实在是安全，精致完美，但寻常到我并不曾在其中提炼出过多的意义）。

我记得那一周就是在后脑勺顶着机关枪的状况下度过的。沙漠里很热，除了沙就是石头，没有植物，连想要找地方上厕所都没有障蔽物，在沙漠中一边担心着游击队出现（听说上个月有几个日本人被游击队抢了，人还被抓了，生死未卜），一边寻找着三千年前示巴女王的太阳神殿……

四个小时，又饥又渴又憋得难受，那一位曾是也门足球国脚的导游说："看，太阳神殿！"

昏头昏脑的我顺着他带着崇拜的眼神往外看，八……根……柱……子！

八根高大的平凡石柱，远远地用栅栏围了起来……就算它是三千年前的神柱，也很难让人觉得千里迢迢、冒着生命危险来看它到底有什么价值。

我想我的脸色很难看，而这位国脚应该也很习惯看到一脸惨绿、闷闷不乐的游客。他在那个关键讲了一句我很难忘的话："我们聊过的，你不是作家吗，你觉得作家最需要什么？"

他竟然这样问我。

"Imagination！"我回答的时候，自己笑了。

是的，**想象力会让你停止抱怨，展望前路，充满可能**。人生一路走来，能走到这个地方，不就因为我从来没有放弃过想象力。

凡事未必符合想象，但是那支永远可以改变世界的笔，叫作想象力。

所有的臆想，正面的，叫想象力；负面的，叫担忧与恐惧。

有时它们在我脑海中拔河，还好前者都能够胜出。

想象三千年前，我眼前的荒漠石柱，曾撑起天方夜谭的阿拉伯世界的豪华宫殿，某个山洞里藏着阿里巴巴和四十大盗的故事，还有《圣经·列王纪》里示巴女王所统治的富强古国，宫女们穿着飘飘的灯笼袖，拿着擦得亮亮的阿拉伯神灯走在太阳神殿与月亮神殿里……

想象力，是芝麻开门的咒语。

芝麻开门！永远不要抱怨眼前的干枯，芝麻开门！

我真的发自内心地笑了。

沙漠中的风吹干了眼睛，他要我马上上车。"这次只要一个半小时，你就会看到示巴女王的月亮神殿！"他说。

那一个半小时，我的内心很平和，因为我大概明白自己会看到什么了。

果然，五根柱子……而且这五根，是三年前新盖的，他们在"疑似月亮神殿遗址"打算重塑月亮神殿，但因为内战纷扰，财务困难，只能盖成一个废墟！

想象力。谢谢有人在那个点上提醒我，使我后来变成一个遇到任何和我想象中相差再多的事情，都会安然接受，并且相信其中似有神谕的人；也使我明白那些艰难的追寻可能最终一无所获，然而绝对不是毫无意义。那些过程在不知不觉间可能把你打造成另外一个人。

你要用想象力来看待眼前所见，要用包容心来品味所有的过程。

我去过的危险行程不少。包括在斯里兰卡遇到灭顶的水灾，包括在秘鲁遇到抢匪和骗子……平安离开之后，我总会认为，那是我人生中注定的旅程，虽然绝对不会再去一次，但那是一个命定的约会。

别急，凡发生的都有意义。

一个人旅行，怎么会孤单呢？
刚好可以自我对话

可能是因为少小离家的关系，我是个很能跟自己混的人。

就算跟着朋友去出差旅行，我也总是自己住一间房间。

曾经遇过有人问我："我也很想自己去旅行，但是我不敢一个人睡怎么办？"

"那么，你就很不适合自己去旅行呀！"这是我的回答。

我不知道如何解决别人想象中的困难。想象中的困难，很像堂吉诃德在对付风车，如果你会把风车想象成魔鬼，那么你当然不可能单枪匹马打败他。

如果你怕，就不要自己旅行。

我相信这世界上有人就像是蜜蜂，一定要在群体中才能愉快生存；有些人注定会变成荒野一匹狼。没有优劣问题，只有个性问题。

不是江湖兄弟，也不用硬上梁山泊。

话说，我有个非常优秀的朋友，在殡葬业是首屈一指的超级总监，在这一行已经十多年，年收入数千万元[1]，她每年要参加或主办无数葬礼，但是她告诉我，她最怕死人。她选择这一行，真是奇葩。

"为什么？"

"我怕鬼。"她说。

每次要看到棺材，她都要深呼吸，念祈祷文，才能够保持神色自若。有一次拜访丧家，没有预期会在走进房间时看到棺木，她在客户家尖叫出声，并且狂奔到街上。客户被她吓坏了，她花了好多力气才把自己的奇妙表现圆回来。

一直害怕，还一直留在同一个地方，一定有原因，想必是利之所在实在难以拒绝。

不过，保持恐惧这件事并不真的让人愉快。

如果你害怕一件事，又得从事它，那应该就是一种难以解脱的因缘与此生必经的考验，那么对我而言，最佳策略是：我会让自己喜欢它。

不然，就要想办法彻底地离开它。

不要停留在"忍受"或"妥协"的状态中。那种感

---

[1] 新台币单位，本书中提及的货币皆以新台币为单位。

觉太像凌迟——有人每天拿着刀子刮你一块肉，却又不痛快地捅一刀。而那个"有人"指的就是自己。这不是自找的残忍吗？

想做，就去做，预想许多困难，先招来许多恐惧，一点益处也没有。我看到许多活到半百，甚至年近古稀的人，他们的人生在很早很早时，就住进了自己造设的鸟笼里，自以为固化而安全，但鸟笼里住的其实还是一个用极端惶恐的眼睛，看着生命和未知的孩子。他们躯体老化，心也硬了，但未曾长大。

我自己一个人旅行时总是心情愉悦，因为，只需要搞定自己一个人的困难。遇到一些意外事件，只要不太要命的话，很容易找到解决的方法。因为，并不需要跟任何人开会，可以一人独裁，所以练就了水来土掩、兵来将挡的生活态度。

旅行琢磨人生。

在活得闷的时候，我也尝试着旅行。

我也曾在非常沮丧和绝望的时候企图用一个人旅行来调整生活，当然，那种走到哪里都像"世界尽头与冷酷仙境"的感觉并不怎么舒服。忧伤的眼睛看什么都悲凉。然而，回到原来生活的轨道中时，我会发现那些不可承担之重，总能减轻一些。

对我来说，旅行很少定义为玩。**我看世界，看别人的生活，也看自己。原来的自己，真实的自己，还有被放在不一样地方的那个不同的自己。**

地球对于一般人来说是恰恰好的大小，你不会有时间在一辈子里把每一个角落都走完，也不会让你感到巨大荒凉到无边无际的地步。

旅途中的我会换上另一种角度和自己对话。有时候一个人的时候，反而觉得心里好。

英国作家阿兰·德波顿（Alain de Botton）在《旅行的艺术》（*The Art of Travel*）一书中是这么说的：

运行中的飞机、船或火车，最容易引发我们心灵内在的对话。借由景物的流动，内省和反思反而比较可能留驻，不会一下子就溜走了。

我完全同意。我享受着旅行的过程，并不只有目的地。好多电影，都是我在飞机中看的，而坐在平稳的火车里看书，更是我觉得最美好的享受之一。无所事事时，心无旁骛地钻进书堆里，书中的字句更加甘甜可口。

我们人生中有各式各样的恐惧。只有冒险能够化解恐惧。

我一直相信,人生中的困难不是停在原地七嘴八舌讨论就可以就地解决,为了看清楚自己的胶着,我,必须时时远离。

孩子三岁以前,我的确离家的机会少了。当时帮忙照顾新生儿的是我的婆婆,我想到的方法,就是带着她和孩子一起旅行。婆婆年纪大了,而且并不想走远,当时只好在岛内寻找"本身就很好玩的旅馆"。

那时候我们家男主人在国外工作,我和婆婆、女儿住在一起。所以我们三个女人常常一起旅行。

有件有趣的事常发生,饭店的服务人员常常叫我婆婆:"吴妈妈!"

婆婆是个见过世面的人,后来她也懒得更正,直接点头称是。

为什么饭店人员会有这么直觉的反应呢?婆婆聪明地发现了其中的道理,她说:"如果是祖孙三代旅行,老公没跟的话,那么,在台湾一定是女儿带着妈旅行,绝对不会是媳妇带着婆婆单独旅行,呵呵,通常都是媳妇靠着旅行来暂时离开婆婆。"

婆婆一生劳碌，且爱操烦，她很传统，从小没有机会念书，但是她用一种看着可爱外星人的态度来看待我，对于我提供的旅行，也安之若素。如果告诉她要到豪华饭店，她就会打扮得像个贵妇，我觉得她跟我住的那几年（她把公公放在老家，搬到我家来住），虽然很辛苦地帮我养孩子，但应该是她最开朗的一段时光。

其实从我开始领薪水之后，我就不间断地"金援"并鼓励父母旅行，虽然他们两个人的乐趣不尽相同。我父亲是英文教师退休，因为语言没有障碍，八十岁前还偏爱一人独行。他六十五岁左右，我曾经送给他一张法国机票，结果他在欧洲混了两个月没有回来，带回来的照片竟然有冰岛、格陵兰岛和俄罗斯的风景照。我母亲比较喜欢跟女性友人或一群亲友参加旅行团，她觉得这样更有安全感。

和父母的旅游兴趣实在不同，因而如果不是定点旅游，我们不大会同行。不然，不管谁主导，一定有人会不高兴。公说公有理，婆说婆有理，到了晚上，变成诉苦大会，就变成我花钱找罪受了。

"道不同，不相为谋"在旅行中的确是真理。我一点也不是那种"只要是出行，一定要一家子一起行动"的拥护者。

旅行的时光,非常珍贵,所以旅伴值得慎选。如果不是一个人出行,"去哪儿"与"和谁去"是一种智慧。

以下的旅伴,通常不会让旅行变成美好回忆:

一、聒噪。不讲话很难受的人不是好旅伴,尤其是不管到哪里讲的都是原来住的地方的事情的人。

二、喜欢讲别人的事的人绝非好旅伴。一路谈论,回去必然有口舌是非。

三、不要和穿着邋遢者到欧洲。尤其到巴黎。

四、金钱观迥然不同者勿出游。说实在,我很怕跟动不动拿起手机要算汇率的人出游,他们做任何事都以价钱为前提,会为了讨价还价耽误美好时光。

五、行事不独立。动不动"就靠你了"的人,真的比较适合跟旅行团,别鼓励他一起闯。因为我不是好导游。

六、我很怕陪人逛街,更让我头痛的是,有人连买个小东西都要问旁人意见。人到中年若还不能决定自己要不要买某件衣服,那还有什么事能自己做主?

七、非如此不可的完美主义者,一旦行程"出错"就跳脚的人。

八、控制狂。只要在他旁边,连点什么菜都需要经过他同意。

九、紧张大师。

十、彻底偏食者。坚持吃中餐,不吃的东西很多……绝对影响心情。

十一、集体主义者。什么都要"团队行动"。

……

好旅伴是懂得享受宁静的人。

———

单身了很多年,独自旅行了很多年,近年来的旅行,最大的转变是,偶尔会有个小旅伴加入。

我喜欢带孩子出游,每半年,我们就进行一次"母女旅行"。大部分选择是飞机四个小时内可以飞到的地方。女儿八岁暑假,我带她到东欧。她喜欢人,所以我第一次跟着旅行团,幸好有她,跟全团人相处融洽。(呵呵,当然有些太太会说,怎么这么瘦?妈妈没给她好东西吃吗?装没听见就没事。强迫小孩绝非我的意愿。还有,养小孩又不是在填鸭,胖有什么好?胖基本上才需要担心!其实,这种第一眼就在寻找孩子"缺点"的大人,在我看来是自己的人生其实出了很大的问题啊。)

如果她觉得太累,我们会选择留在饭店,不跟大家一起活动,晚上,她陪我看世界杯足球赛,在房里为进球欢呼。我们既融入团体,又可以偶尔抽离,没有妨害众人，就没有什么不可以。

在这世界上，我们得选择用一种让自己最舒服的方式旅行。

她九岁时选择的目的地是威尼斯。她让我想起，我很久以前看过一部纯情电影《情定日落桥》，女主角当时也只有九岁吧。

我不清楚她从哪里知道威尼斯，她也只是耸耸肩，用愉悦的眼神期待着。不过，和我的小情人一起穿梭古老的水巷，看着波光闪烁的古城倒影，一定是一件浪漫的事。

因为必须长大，必须离开，所以也使得家有更值得珍惜的意义，希望她必能懂得。

卷二

身体与灵魂，总有一个在路上

并不爱寻找痛苦，
却屡屡在痛苦中寻找到某一个自己，
或者自由。
总在行过险路之后，
叹服那些风沙雨火，原来都是善意，将我千锤百炼，
仿若种子突破硬壳，才能用根，将土地扎得更深。

当本我遇到超我

你心里是否也有两个偶尔会争论不休的声音？

在法国跑那个世界级难跑的波尔多全马之路——根本就是石子路与田埂路时，在十公里后就有两个人一直在我的耳边对话：

本："算了吧，这是什么鬼路，我建议你跑完一半之后，放弃好了，坐在路边树下看蓝天白云……为什么要虐待自己？"

超："但是，你可能有机会跑完……"

本："你看路边的人多么会享受人生，可以坐在某个知名酒庄旁喝着免费的酒，吃点心……你这样跑下去，不是会中暑就是会跌跤，在石子路上跌跤可不太好玩……"

超："可是你如果放弃，意味着你一辈子放弃跑完波尔多马拉松的资格，你又不是小孩，可以等长大之后再来。你一年会比一年更老……"

本："你的足底筋膜炎再跑十公里可能会发作，感觉一下，它已经被路上的小石头整得隐隐作痛！"

超:"可是我喜欢完成一件困难的事的感觉……你看,旁边有人年纪比你大很多,体重负担也比你重很多,他们还在努力跑着……"

本:"你为什么老是要自讨苦吃!"

超:"因为那个苦里头,有花再多钱也买不到的甜头!"

本:"你想想你是不是疯了?跑完除了一块没有价值的奖牌和一瓶很便宜的红酒之外,你不会得到什么!付出的代价比这个大得多!"

超:"你不要再吵了行吗?只要想到看到终点线时的那种兴奋,我就开始感动了!"

本:"我也不想说了,你是神经病!"

超:"对,我是神经病。只要想到我到了这个年纪,竟然可以完成在美丽酒乡波尔多的全马,我就算很累,也兴奋得像听到神迹!"

本:"太夸张了!"

超:"少废话了!"

"本"是我的本我,一个天生懒惰的我;"超"是我的意志力,它从我很小的时候,还是个乡下小孩的时候开始,就用一种独排众议的方式来指挥我,甚至不惜睥睨一切,不怕所有阻难。它喜欢我完成一件感觉上的"不可能的任务"。

我并不常常听到它的声音。

但是，它常在我人生面临困难选择或挑战，甚至绝望的时候跳出来。跑马拉松时，它常常出现，开起辩论会来。

这是一段我在跑马拉松时的真实对话。

呆呆往前跑的我听着他们一路喧哗。

我喜欢看到"超我"像阿拉丁神灯被擦亮，灯神忽然惊人地出现，开始对我晓以大义，但是也从来没有讨厌"本我"这个懒洋洋只想过得舒服的东西。懒东西使我把日常生活过得不错。这辈子所有的小确幸都要感谢他。

如果一直听"超我"指挥，我可能很早就憔悴不堪，甚至过劳死了。

那两个声音，性格迥异，总有一方获胜。小事时，"本我"比较常做主，"超我"不太会出现。

但在重大选择时，"本我"会服从指挥，不太甘愿却甘心地把自己的主张收起来。

你要称呼他们理性与感性也行，但不全然如此。"超我"未必全然理性，"本我"也不是全然感性。那两个声音其实是缺少谁都不行。

"本我"使我能够享受生活。如果经济上过得去，它一向让我过得很好，它从不吝啬……它会为我选最好的饭店，穿最喜欢的衣服，不管工作再怎么忙碌，它总会帮我安排透气的方法，比如喝一杯好咖啡，吃一顿路边大排档美食或米其林，就算是商务出差，它也会在耳边告诉我：

"只有工作多没意思，一定要玩开心啊！"

"这个工作根本不是你喜欢的，别做了！"

有时会说：

"与其去那个无聊的应酬，不如在家里安安静静地煮顿饭吃！"

"休息是为了走更长的路"这句老话也是它的至理名言。

它让我过得舒服，只在拗不过"超我"时，才忽然转变了好逸恶劳的态度，勉强让"超我"重拟了人生决策，拐进一条令人惊讶的全新道路。

"本我"有多懒，我知道得很清楚。如果第二天没事，不设闹钟，到现在我每天还可以睡足十一个小时呢。它当然也不认为我该去跑马拉松或上健身房。

但是我也深深明白，如果没有"超我"的声音，我不会在极小时就听见远方的呼唤，想要成为一个我成长环境中周遭没有的那种人。直到现在，它还想继续鼓励我发现我自己还不知道的潜能，不希望我当一只学不了新把戏的老狗。

它让我不管在多么安逸的环境，都想要脱离舒适圈。它知道"本我"舒适久了也会抱怨无聊。

这个"超我"也使得我对于人生的规划，有着和上一代或者是类似年纪的人们不一样的看法。一般人在必须为生活而工作时，总会期待着所谓的"退休"生活：什么都不用做，不会为五斗米折腰。他们以为退休是完全的自由。"退休"是个梦幻代名词，使得有些人在很年轻的时候就为了"老年有保障"而选择不是那么让人陶醉的工作。

"你为什么不能超出自己对自己的想象呢？""你为什么要在意跟大家一样？"这是"超我"主要的思考模式。

东方人从小的教育几乎就是：不要和别人不一样。

赶不上别人，不行！落后会被嘲笑。

鹤立鸡群，也不行！突出会被排挤。

没本领又不守秩序的是地痞流氓，有才能又过度坚持的会成为悲剧英雄。如果你不从众，少不了被口诛笔伐。

就算到了现代也没什么不一样。

这些年我在日本成立公司，观察到东方人无论如何都有同一现象。可能是我们的血管里头川流的都是"日出而作，日入而息"规律性的原始农耕民族基因。

只要有些不一样，人们或许不敢表面说些什么，但背地里的指责是少不了的。网络时代人人有发表能力，所以这些背地里的指责都被看见了。有本领，有钱，不往反面伪装一下，很容易就被一大群匿名者激烈批评。

开句玩笑话，只要是活的狗，从来不会没有人踢。但当一只没人踢的死狗，人云亦云，我不认为会活得太有趣。

在这个世界上，被批评是常理，如果你一直不被批评，那也表示，你没有什么值得被看见。批评一定不好受，但是明白了这道理就好。

不想被批评，你可以什么都不做，躲回家中棉被里每天藏起来睡觉。不过，恐怕那时批评或唾弃你的，变成了你最爱的家人。

从体育残障生到马拉松跑者

莫忘初衷？初衷真的那么有价值吗？

有位前辈出了新书，送给我，上面提了四个字，莫忘初衷。

我沉思了半晌。

有些初衷，发自善良本心，能够坚持比较好。

但也不是最初的想法都值得坚持，成长和变化，甚或承认错误，也是美好人生必须具备的章节。人当然要有一些坚持，但守着某些初衷不变，其实也未必好。

人生的变化很奇妙，未来真不是从前的自己想得到的。

———

少年时我最想不到的事情是，在中年之后，从四体不勤变成一个运动爱好者。可以跑完全马，可以在戈壁中行走百公里，更开始锻炼肌力，把六块腹肌和人鱼线当成自己的梦想，而且还在持续锻炼中（因为不是真的很有天分，所以至今尚未成形）……

我对于运动这件事的初衷，其实是：书呆子没什么不好，体育残障生也没关系。

小时候我就不是个喜欢户外运动的人。读书的时候，对我来说最困难的事，绝对不是任何学科，而是体育，每一次让我领不到奖学金的理由，就是体育始终拿不到及格成绩。

我当时还觉得"五育并重"没道理，而且把自己的肢体反应迟钝怪到婴儿期去："一定是在婴儿期爸妈没有让我爬个够，所以造成我的感觉统合不协调。"

念台湾大学的时候，有一个学期我的体育成绩非常高。当时我的手因为过度且姿势错误地练习书法，在关节上长了肿瘤，开了刀，所以我很高兴地申请了体育残障班，和手脚不方便的同学们一起打乒乓球、羽毛球。那个学期我在障碍班如鱼得水，并且申请到了诸多奖学金。

我还记得高中时我一百米要跑二十几秒，跳高跳不过六十厘米，跑四百米之后就昏倒了，让同学送到保健室急救。

我并不引以为耻。年轻的时候，没有想过人会退化：有一天，你不能跑，然后很快就会不能走；不能走，再不多久就不能坐；不能坐之后马上就得躺，那意味着你的人身自由从此完蛋，卧病在床，哼哼哀哀直到终了。

所有没有了人口红利的成熟社会，都把老人长期照护当成重要的发展议题。我们不假思索地认为，老人一定要好好地躺很久——其实，北欧国家的老人，在结束生命以前据说平均躺个一两个月，而华人一躺平均是七八年……

人到中年，就会发现旁边有不少朋友，为了要照顾年迈父母，又请不起或请不到贴心照顾者，放弃了一切回家尽孝道；最凄凉的还有跟我年龄差不多的男性朋友，忽然中风，让妻儿牺牲一切，为了照顾他，从此再也没有自己。

我觉悟得太晚。虽然旁边的警钟一直在响，但我始终没有悟到，这些状况也可能发生在我的人生中。

我的祖母在八十五岁前都很健康，未曾生过大病，八十五岁时某次骑着单车到公园跳"广场舞"，晕倒在路上，被人送到医院，从此渐渐行走不便，卧病在床。她在床上足足躺了十多年，一直到九十多岁，渐渐失去了行动能力、记忆力与语言能力……她的背越来越佝偻，到后来连躺都躺不直了，日日呻吟。医院的健康检查报告却一切正常，连血压都如常。

不管子孙如何尽孝道，祖母的痛苦是我们没有办法代为承受的。虽然非常感激，爱我和我爱的祖母陪我这么久，但是我十分明白，她的长寿，实在不是福分。

真正的长寿福分，应该像王永庆先生或者画家刘其伟先生吧。九十多岁，他们还在打算明天要做些什么呢，在睡梦中或倏忽间，无疾而终，并无病痛。

人的脏器都有使用年限，医学再厉害也无法阻挡它的耗尽。现代人的问题老早就不在于是否活得久，而在于活得好不好？年老不可怕，死亡也不可怕，因为不管富贵贫贱，不管人生是否活得精彩或无聊，自古谁能免？最可怕的是，如果你还有很多梦想，或你还有幼子老母要养，责任未了，而你的身体却早早宣告不行。

明白归明白，知易行难，养成习惯需要的是时间和行动力。这个并不来自顿悟，来自慢慢领悟。

身为高龄产妇，我因为各种并发症在医院躺了一个月，从败血症中捡回了一条命。最震撼我的事情，不是几度手术的肌肤之痛，不是身上布满针孔，而是躺在病床上的无聊。虚弱地躺在床上，无所事事，连书也看不下去；出院后，肌肉无力，经过复健才能像以前一样行走。

出院回到家，当时孩子还在加护病房生死未卜……她在加护病房足足住了两个多月。我先回到家，一回家就抱着家里的猫痛哭，哭的是还可以活着看见他们，自责的是如果我能把身体弄得健康一点，就算我是高龄产妇，也未必会让孩子受这样的苦。

健康是要等失去才珍惜，真理存在老生常谈里，但要亲自体会才能彻底明白它的含义，而真正开始身体力行，恐怕还需要好多声警钟的迫切提醒。

我真正开始"积极但不太认真"的练跑，都是快五十岁的事了。所幸我的体重在轻重之间差异一直不大，我的膝盖基本上没有被中年人过重的体重压垮。

这的确是中年人可否练跑的关键。我有位同学在大学一毕业后，从六十公斤胖到百余公斤，在三十岁那年就换了人工关节，在这种零件已经毁坏的状况下想要从事让自己焕然一新的运动，的确有困难。

那些在我耳边嗡嗡嗡劝说"跑步不是好运动，会伤膝盖"的话，我完全没有听进去。因为中年人的问题就在于"自己不想，所以劝告别人"，而且不假思索地想要用没有科学验证的经验法则来把大家都放在同一个篮子里。我在练跑时的愿望，其实很卑微，只是想跑一圈我母校的操场不气喘吁吁地停下来而已，就是四百米而已。

我的初衷只是"四百米"，这个卑微的愿望竟然是我二十岁时的未竟之志。

跑了几年，我大概听过一百个同龄朋友"跑步不是好运动，会伤膝盖"的劝说，有的非常认真地劝我，中年人学一学太极拳就好。很幸运地，我的膝盖看样子比练跑之前好得多。

我想，并不是因为我天赋异禀。

是因为我在"并不太勉强自己"的状况下持续进步，慢慢进步。

每次跑步的时候，我都听见"本我"和"超我"对话的声音。

"好累！我想回家！""本我"说。

"没问题，你只要跑完规定的五公里就可以回家！""超我"说，"你跑完之后，不但会很有成就感，而且运动后产生的脑内啡会让你今晚睡得非常舒服！"

"跑操场真的很无聊！""本我"说。

"喔，那你可以听音乐，不知不觉就可以跑完了！""超我"是个很好的运动顾问。

说也好笑，我是从跑一百米、走一百米开始训练自己的。

刚开始我在台湾大学操场瞎跑，一边羡慕着在操场上练习的台湾大学田径队可以跑得那么快，当他们像风一样呼啸而过时，我常被吓一跳。

当时的"超我"也明白我的体力的确是先天后天都失调，没有做太严格的要求，只是希望我"每周跑两次，每次跑五公里，不管用走的或用爬的，请你完成这个目标"罢了。

那时我是和台湾大学EMBA的学长们一起练跑的。他们年纪和我差不多，但是多数人老早就跑完过全马，而且成绩多半在四个半小时以内。

我的成绩跟人家比当然很自卑。但是人遮掩自己的"不行"绝对不会进步，可喜可贺的是，我面对自己的"不行"时，脸皮算厚。

进步的确不会像武侠小说一样，一个人被某个武林前辈看上，说你天生是练武的奇才，忽然坐在你背后把真气都灌给你，然后你就变成了一个一身真气的武学怪杰。

跑一百米走一百米，跑两百米走一百米，跑四百米走一百米……在蜗牛般的进步中，我看到了未来的希望还是存在的。我的孩子还很小，我一点也不希望，她在正要奋斗的年纪，每天要忙着到医院看护插管瘫痪的妈。

这不是悲观想象，而是我在得过俗称妊娠毒血症的产妇高血压后，高血压这个家族疾病就开始如影随形地跟着我。翻开我的父系家族史，中风绝对是让我们到"苏州卖鸭蛋"的理由。（苏州卖鸭蛋是我祖母对我解释为什么我从来没有看过曾祖父和叔公们的理由，我小时候真以为他们是以卖鸭蛋为业的！后来搜索过这句话，合理说法是：它是从闽南语的谐音产生的，台湾当地人扫墓后会把一些冥纸用石块压在墓碑上，再另外把鸭蛋壳撒在坟墓隆起的土丘上。"土丘"的闽南语念起来有点像闽南语的"苏州"，于是变成了"苏州卖鸭蛋"，意思是已经过世了。）

我当时真的只想要跑完四百米！

跑了一年，我决定参加一次当时觉得"好远好远"的十公里跑步。兼具旅游目的，我比较容易说服自己去跑十公里，于是报名了日本的"神户马拉松"。赛前因为担心自己能否在一小时二十分钟内跑完，我还紧张得睡不着。

不过是两年多前，十公里对我还是个壮举呢。

要进行一件破天荒的事，"本我"是很会给赏的。我告诉自己，如果可以在规定时间内跑完，就去吃一顿超贵之神户牛排。

牛排吃了，但跑完那几天，腿酸到不良于行的地步。回到东京，只要过马路时绿灯时间剩下不到二十秒，我都乖乖站着等下一次。

现在想想，当时真的"不行"得好笑。

贾永婕[1]当时已经是三铁达人以及超级铁人赛（二二六公里）的参赛者了，当时她来上我的节目，我笑她没日没夜近乎自虐地跑，脑子有问题，跟她开玩笑说："你老公一定帮你保了很多险，才会一直鼓励你参加各种艰难的比赛。"而且斩钉截铁地跟她说："我保证我最多只想跑十公里，不用勉励我！我才不是神经病！"

她后来总没忘记经常来取笑我一下。

一个人的初衷，呵呵，如果不曾改变，其实……可能让一个人很没出息地过下去。

到了中年我才领悟到，不管是在运动，或者是在学习，还是理财或开创事业上，只要去掉一个东西，坚持一样东西，那么你的人生通常糟不到哪里去。而且，必然会进步到比你想象中更好。你也许未必能够出类拔萃，但一定可以超越自己，不管在什么年龄。

去掉的那个东西，叫"借口"。

坚持的那样东西，叫"纪律"。

1　贾永婕：台湾地区女模特、艺人。

百分之四的劣等生终于跑完全马！

身为一个个性本来应该浪漫无边的写作者，养成纪律这件事对我并不容易。我从来没有太喜欢过别人制定的既成规则，唯一能够让我服膺的规则，都得经过我自己点头。

跑步就是纪律执行的结果。不管用什么方法，我坚持着我的五公里目标，还有每周固定的练习，虽然未必都能练习两次，但一次总挤得出时间来吧！

只要不荒废太久，那么，就容易变成一种节奏，节奏会产生习惯和爱好。

我习惯在户外跑步。户外跑步空气新鲜，而且不那么无聊。有时我非常希望到了练习日，天空下一阵雨，那么我就不用去操劳自己。但万一雨下得太频繁了，我还会抱怨下雨阻挡了我的练习。

跑完十公里后，我不知道哪来的勇气，竟然报名了全马。

事实上，那是抱着碰碰运气去抽很热门的"京都马拉松"的结果。

在这儿我必须花点时间来形容日本大部分的马拉松赛。他们的确是能够把细节执行得最完美，从领号码牌，开跑，义工，厕所，补给站，道路维护，加油者，无一不专业，让人感觉宾至如归。这个民族虽然早在公元两千年就面临看人口红利的死亡交叉点，饱受经济萧条的折腾，我还是对它有相当信心。（这一点，在投资的章节再提及。事实上，我的跑步与我的投资决策有相当大的相辅相成作用。我会顺便观察一下该国的国计民生指标以及商业活动状况。）

———————

京都马拉松只有全马，没有其他选项。抽上了，我只好跑全马。

我在京都的住家位于银阁寺旁，大概就在京都马拉松四十公里的地方。那次我还带了孩子到日本，跟她约好，如果我跑到了家门口，她要为我加油。

那天下着蒙蒙细雨，淋湿的感觉是透心之凉。

京都的路高高低低，马拉松路径绕来绕去，至少上了两次岚山。

全马的确超出我当时的能力范围，虽然我当时真心想要跑完它，也告诉自己，说不定，咬着牙我还是可以完成。

在京都，我第一次跑完半马的距离。但是在二十六公里那个关卡，我的脚已经一跛一跛了，当我听到旁边的义工用日文交谈"这是最后一个（跑者）通过，我们可以回去了"的时候，我的信心全部崩溃了。

我已经跑得又湿又冷，筋疲力尽。路中虽然有补给，但是跑得慢的人为了赶路哪里有空吃？

那一刻，"本我"说："嘿嘿，你终于明白什么叫作劣等生的心情了吧？看到别人那么轻易就可以跑到你前面，你再奋斗也比不上，因为实力不够，放弃吧！"

于是我不争气地往后转，回收车不久就把我接走了。

我像个难民，狼吞虎咽地在路边吃完一顿咖喱饭，穿着一身湿漉漉的运动服回家。由于城市的马拉松赛基本上在完赛前实施局部交通管制，所以路上一辆出租车也叫不到，要回住处还得迂回曲折地走一段长路。这在商业策略学上叫作退出成本。退出，不是没有成本的。

由于第一次跑那么远，一坐下就不能动弹。那天黄昏，我看着地方电视台里关于京都马拉松的转播，听到了一段天打雷劈的话：有百分之九十六的参赛者在六个小时内完成了京都马拉松全马，其中年纪最大的是九十岁，他的成绩是五小时四十六分钟……

你知道，如果你是劣等生，你考不及格，一定希望班上不及格的人越多越好。

第一个跑不完的马拉松，让我明白我同样具有某种"爱比较"的劣根性。如果应该比你差很多的人都考得比你好，那你心里会没事才怪。

原来我是那百分之四的劣等生！我真的这么差吗？人家那么多人都跑完全马了，为什么我跑到二十六公里后就有很想死的感觉？而且，那种感觉是再强的意志力也补不了的，我怎么这么不行啊……

项羽到了垓下，应该就是这种身心俱疲的感觉吧：我怎么会输给刘邦那种人呢，我明明比他优秀，真是的，还搞得自己这么狼狈……

————

如果身体已经超出负荷了，心理的力量再强大也没办法。但是心理如果超出负荷，去锻炼一下体力，常常会发现新天地，这是我在中年后努力锻炼才明白的道理。

关于青春，我最后悔的事之一，就是没有及早开始锻炼，当手无缚鸡之力的女文青当了太久，不然，如果能够在青春时拥有傲人曲线那该有多好！呵呵！

我的痛苦在不知不觉间变成了动力！一年多后，我终于能跑全马了。

我真正完成全马，是在京都马拉松失败的半年后，我报名了只有女生能跑的"名古屋马拉松"，时间限制是七个钟头，比京都多一个小时，心理压力显然小了很多。

这个马拉松的最后，会有一群甄选来的日本帅哥帮完赛者戴上大会赠送的蒂芙尼（Tiffany）项链。那个蒂芙尼项链和帅哥对我没有那么大的吸引力，我还很没出息地告诉自己，如果尽了全力还是跑不完，那么我自己会去蒂芙尼专卖店买个更好的。

对我最具吸引力的是：我这辈子有可能完成一次全马这件事。这对于体育残障生是个天方夜谭的梦想啊。

结果是，我竟然在五小时四十分左右就完赛了！

台湾大学商学院的策略学其实提供了我一个最简单的"克服万难"处理模型，那就是：

一是，把目标变得没那么遥不可及。我拟定了一个策略，就是前半马尽可能地跑，后面拼了命用走的也要把它走完！也许在七小时内可以很幸运地走完。的确，这一次到了三十五公里之后，我的撞墙感一直没有消失，我只能要求自己跑一百米，快走一百米，这样勉为其难的，间歇性地朝目标前进。

二是，增强或改善某个环节。跑步一年多，我的全身肌力只有双脚是合格的，其他全部都很弱。这一次跑全马之前，我到专业健身房做了六次训练，加强核心。虽然只有六次，但是居功厥伟，让我身体其他部分的肌肉可以支持到全马完成！

"帮你戴上项链的那个男生帅不帅？"当同去的跑友们叽叽喳喳讨论时，我一头雾水，因为跑到后来我已几近失忆，全身只剩下腰酸背痛的感觉。我不记得有帅哥帮我戴过项链，只想躺到草地上闭着眼睛休息！"色"对一个体力用尽的人怎么可能有号召力？

但我的心情却是开心到想要昭告天下，兴奋度几乎等同"范进中举"！

这也使我相信运动管理学教的都不是假的。全身肌肉不能废此偏彼，一个健全的身体得力于全身肌肉的协调。

———

我开始"不是很努力但也没有放弃"地上健身房。刚开始实在勉强自己，老是想找个没出息的理由不要去见教练，因为咬牙苦练刚开始实在艰难，还好我的"超我"会跟"本我"进行各式各样的哄骗和协调。比如，"其实，一个小时很快就过去了，练完之后你的精神反而会更好，而且减掉肥肉会让你挤得进那些已经穿不下的衣服，多么有成就感啊"！

"练完，我们可以吃一顿牛排喔！"（这句话不要给教练听到，她觉得我太不忌口了，但又要练肌肉又要饿肚子的事，我真的没有动力做。所以对我来说，练肌力一点也没有减肥效果。）

名古屋全马跑完，我的恢复度比当时只跑十公里更好，第二天，就在东京街上开心逛街。

马拉松是会上瘾的。我本来以为自己的愿望只是一辈子跑一个全马就好，后来当跑友们来邀约，我还是会情不自禁答应一起报名。

它后来慢慢从"目标"退居成某种娱乐的地位。

"如果你能够在这个月底把稿子写完，那我们就来报名一个马拉松吧？"感觉很欢乐的波尔多马拉松还有很可爱的和歌山马拉松，就是用奖品的姿态出现的。

猛然一回头，我已经不是那个病恹恹的文青了，也不再因为在机场拉抬过重的行李而扭伤手臂，甚至很久以前伏案写作造成的五十肩也好了。

跑波尔多马拉松时，更明显的是，虽然太阳照得我头昏，而脚下的石子和软泥路对脚掌也是绝佳虐待，但跑到终点时，腰酸背痛的感觉几乎没有出现。

这一切当然不是偶然的。对我来说,这世上从来没有天上掉下来的幸运。我只能尽力让自己"辛苦得很快乐"而已。

我是必须勇敢的假英雄，
完成戈壁一百公里！

念台湾大学EMBA时，同学游说我参加戈壁挑战赛。其中C队很轻松，只需要走一天，我回绝了。我的某位学长——一家上市公司董事长，竟然还在同学们向他募款时，开出一个整我的条件，就是：如果吴淡如愿意参加三天全程走完的B队（就是要走完一百公里，还要帮A队搭帐篷），他就乐捐三十万元！

虽然好多人来游说，但我当时死也不肯。

我胶着的点还蛮奇妙的，但都不是重要的考虑点：已经是"资本主义毒物"的我，真的不知道躺在沙漠的帐篷里如何能入睡。

人在充满着勇气与动力想要改变人生的时候，如果不马上做点起步动作，往往会被一些不是重点的借口又拉回原来的软沙发。我当然也是天生如此，必须：一咬牙不假思索地站起来，不听耳边的风声，把自己逼向那条想走的路上。

跑过了全马之后，我担心的并不是体能，不想离开的是生活中的舒适沙发区。偏偏在这一年,我在上海中欧国际工商学院选了行动领导力课程,修炼区就在戈壁。

这是一个去过的人都推荐,要用"抢"的才能去的课程。

我曾经问过中欧国际工商学院一位十分有诚信度的已毕业学长:"什么选修课程是你最推荐的?"

"行动领导力啊。"

"那有什么是不上会后悔的?"

"行动领导力啊。"

于是我……

我是有备而来的,只是没有想到,路程比我想象中艰辛。在戈壁中逆风前行,走这一段所谓的玄奘之路时,不禁想起曾经走上这条路的先烈先贤,心里到底有何种独白?千里黄沙,单调景致,不是太冷,就是太热,沙漠风如刀,不断凌虐,难道他们心中没有一万个后悔吗?

三天,八十八公里(实际上大概是一百公里),中间还有一些障碍赛的设置。比如说,第一天,要求已经逐渐团结凝聚的团队,狠心去掉其中一个人;第二天,在走过近四十公里路疲倦地抵达终点时,还要我们回头数里路……满是砂砾之路,走得我连脚指甲都掉了,水疱当然是附赠品;第三天,伤兵累累,还要我们抬人前进近一公里，并且不能选择抬女生……连女生都得当挑夫……接着就是二十多公里不间断的冰冷逆风！多少次咬牙切齿，多少无声的诅天咒地，我告诉自己，要走完，回到美妙的现实世界去。

加上迷路与绕远路，全程超过一百公里。最后一百多个同学，我算是"毫发无损"地走完全程，还可以在庆功晚宴上故作优雅地穿上高跟鞋参加晚宴……小我二十岁的同学们有很多是坐着轮椅进场的。

在什么时候就要有什么样子

假英雄真勇敢。在什么时候就要有什么样子，是我的习惯。

换句简单的话说，就是当你登山时，你一定要有登山装备；当你走星光大道时，一定要穿礼服，不能搞得自己像清洁工或刚历劫归来。这不只是面子问题，还是礼貌问题，也是一个人是不是能够适应环境的问题。（从这一点，呵呵，就知道我也非常反对一个女人自认为已经嫁出去了，或人到中年，就放弃了体重和外形，不修边幅地活着。）

如果你发现朋友们只想邀你逛夜市，而偶尔品尝豪华餐时都不邀请你，那你应该就有了以上问题。

男人也一样。

我有许多朋友，有些宴会也可以免费邀朋友参加，如果可以邀伴，我一定会邀请"适合"这场合的伴儿同往。你不能邀请只穿高跟鞋的去登山，也最好不要邀请只穿凉鞋的去米其林。

战场上要穿盔甲，不然敌人都看不起你。

话说戈壁这一新战场，够呛！走不到几公里，我就非常后悔，然而箭在弦上，不得不发，我是必须勇敢的假英雄。不过，我想历史上走上这条路的，应该都是这个心情。西出阳关无故人，还不知道能不能返程，一条非常适合写《西游记》的荒凉之路。因为荒凉，各种妖魔鬼怪不断浮上，处处心魔滋生，都要来咬你一块肉！

但是，在这种煎熬中，我忽而有些明白，为何世上各大宗教都起于沙漠……因为唯有一无所有，才会真实面对内心；沙漠也让我看到现实世界中的自己。枯寂沙漠中，与天地对话，和自己交谈。

同龄朋友都觉得我自讨苦吃。中年之后，我自讨苦吃的行为挺多，就是不能接受那种"钱都够了，为什么不退休？为什么不好好养生？"的说法，我的确属于"不冒险就体会不到人生"地找死性格，挑战一些有难度的事情，证明自己还能有新把戏，反让我觉得活得安心。

只要在路上，我很少回头，很不想后悔，我相信自己的意志力在生命的各种困境中足以匍匐前进，我也知道每个伤痕都是灵魂的勋章。

但是第一天的第一个小时，我走在戈壁沙漠中，后悔就开始偷袭我的决心。

除了烈日、风沙、枯草、砾石，什么也没有！连枯藤老树昏鸦也没有……

我忍不住自问：这是玄奘不惜一切也要来回走过的路吗？这是张骞和苏武和李陵和……对君王死了心的王昭君走过的沙漠吗？

他们是我所尊敬的勇者。但他们站在这一片什么也没有的沙漠中，到底在想什么呢？他们应该在想："那个该死的皇帝，根本是存心让我来送死的！"

有备而来，但人生总是由一大堆意外组成。

秒杀课程，我有备而来

我并不是在集体主义中长大的，老早就不信奉吃苦等于吃补。多年来我一直尽力把自己供养得舒服，那一刻我很后悔，为什么我没有选什么欧洲课程（中欧国际工商学院有瑞士分校），去买买瑞士名表和爱马仕算了。

所幸我们是最后一队出发，后头已经没有人了。非得往前看不可。

　　说实在，我是有备而来的。这个课程是抢来的"秒杀课程"，我已经练习了很久。在此前我已完成了全马四十二公里的路程，一年来我每周上健身房锻炼核心肌群，我丝毫不强壮，但是我应该不会变成别人的负担……我本来就不是来旅游的！

　　我们十人一队，走到终点，一个也不能少，才算及格。

　　第一个小时，已经有队友"不行"了。

　　我们学校把这趟旅程包装成一个比赛，考验我们在逆境中有没有领导力和团结力。但是第一个小时我们队里就有伤兵，我就知道我们这一队不会赢，能走完是万幸。

　　队长是个看起来刚毅的运动健将，也是个温柔的人，他下令以全队最落后者为队伍行进的速度准则与指针，只要我稍微走快点，就要我们回头等人。他以为休息可以养护，频频叫大家休息，殊不知马拉松跑者休息过久反而筋骨容易受伤。

　　首日烈日当空，我们已经远远落后，比其他队伍多走了一个小时。决策总是讨论了很久，连个答案也没有，游戏也玩得零零落落，我晒得好累……志气低迷……有人索性玩起自拍，或在沙漠中拿手机聊来聊去。

果然第一天以最后一名完赛。比倒数第二名慢了一个小时。

我没有一定要赢，但是我从不喜欢输。此刻，我已经接近信心崩盘。

最可恨的是依照"领导力"课程的残酷设计，还要我们删除一个已经建立感情的队友。

如果能够毛遂自荐，我会自我牺牲。

那个时候我有点愤怒。这的确违反为人原则：在"谁也无过"的状况下，我向来未曾出卖任何友人！我打从心里不喜欢这个规定！

已经很累，开会还开到半夜……而且还是没有结论。

其实可以有结论的，只是谁也不想出来扛责任。

看到那个根本只是几块塑料布的帐篷以及营地，我更是懊悔莫名。心想还好行前请医师开了药，一定要吃镇静剂让自己昏过去。不能洗澡让我非常不舒服，克难厕所让我非常头痛，长夜漫漫多人与共使我非常焦虑……就算吃了镇静剂，我竟然也没有睡着。一入梦那背后的硬泥地就无情把我唤醒。

"我就是资本主义的毒物！就为了这三个学分，我真的要这么牺牲？"我对自己说，"戈壁沙漠，见鬼了，百闻不如一见，见了不如不见！"

第一次尝试耍赖的滋味

第二天，天初亮，号角响起。

我再怎么诅咒"皇帝"也没有用，因为我不想输，就算赢不了，我也不想在战败前先投降！"宁可失败，不能投降"是我倔强的求生法则。

我想赶快走完，我想要在走完后迅速脱离这个什么也没有的地方，回到我温暖的小确幸生活，我……我为什么好日子不过？

每一次成长背后都有咬紧牙关的灵魂。

第二天，我们的团队的确想要雪耻。但不是所有卧薪尝胆的人皆能复国。一个团队，必然得有比决心更宝贵的东西，才能真正反败为胜。而我们，思索来，的确没有。（主持这趟旅程的教授说，信任有七个区，是的，我们一直停留在仁慈那一区……我们的能力被消耗，而正义被挑衅。）

我们个个都很有主张，虽然共同目的是把这条荒凉的路走完，但我们对于队长的"目标"已经开始阳奉阴违。况且队长的确身体够好（他自己体能很好，好到第一天竟然还背了个大哈密瓜走二十多公里路，哈密瓜是为了证明自己体力强人傻)。他真的不是个"用脑领导"的代表人物,比较适合去当慈善团体的志工(其实走完艰难路后,我记得的竟是他的好处……)!

况且经过第一天的漫长折腾,伤兵已经超过三分之一。

第二天,赶过了几个队伍,在休息站也尽量简短休息立刻上路。身为女生,为了避免尴尬,我再怎么渴都得控制饮水量,这也是我的内在焦虑……阳光渐渐转强,不断地上坡下坡、下坡上坡,让我有疲于奔命之感。

上坡下坡与过独木桥,都与我原来训练自己的方式相差很远。

现在要讲到身为女性的优势了:凡中国人还是有"优雅的大男人主义",向来认为女人是弱者,是需要保护的,尤其是在中欧学院活动中,他们极少将队中走不动的女性剔除,而是会尽力协助。

队长完全没有看见我"还行",第二天派了队中最强壮的男生张伟来"帮助"我。队长把女生都当弱者,他像一只嗡嗡嗡的蜜蜂或是苍蝇,大概每隔十分钟就会好心"游"到我身边,说:"张伟,你要照顾淡如呀……"

我旁边只剩张伟,是因为另外一位看起来身材绝对是健身房里日日锻炼的王健,第二天中午已经因为脚伤奄奄一息地走在队伍最后面了。他已自顾不暇,在队伍的最后方吃力地跟着,一直嚷着他不玩了。

"天啊,比我妈还烦!"我咕哝道。可是这个时候我转念了。马拉松跑者是最懂"保留实力"的,我要把体力留到最后一程。好吧好吧,那么何乐而不为。

明明还行,却要男人帮忙,对我的确是很新的尝试。我外在不刚强,也极少发出脾气,闹情绪只会对自己……但身边的人都知道我是怎么样的"风林火山"(借用日本战国时期用来形容武田信玄的词,但用来形容我自己意思不大相同,我是:决策疾如风,错了就认;主意多如林,别人难以全懂;我令出如山,但通常是火山)。

沙漠太无聊,所以所以……我干脆,耍赖。这是一个非常新鲜的尝试。虽然没有任何建设性意义,而且对于团队的第三天还有破坏性的价值,但是对我个人意义重大。

只要上坡,我就仰赖张伟推我。过独木桥(其实那个水根本淹不死,就算淹得死我泳技也行),张伟也很负责任地来牵我。我心想,嗯,这样下去,我一定可以好好地保存实力到第三天。反正这是队长你命令我这样的嘛……反正张伟也是这批一百五十个同学中最年轻最帅的一个(写到这儿,眉开眼笑)。

后来连逆风我都懒得太费力走……有人屏障真是舒服呀……

自以为坚强的背后

第二天，包含绕路，我们至少走了近四十公里，但说实在的，我比第一天愉快好多。我内心的独白是：呵呵，有男人可以靠的感觉真的很好呀。奇怪我以前为什么一直不懂得借力使力？这么久的工作生涯中，我从来没滥用过女性权利呀……从来就是咬牙不哭，闭嘴不叫，一马当先的。我真的是靠脑力和苦力与男性伙伴都成肝胆兄弟的。

创业时期，我把自己当男人用，偶尔也当畜生用。我从小好强，就不知道撒娇二字怎么写，而不管遭遇什么难处，我一直是家族与公司里唯一冷静或冷酷拿定最后主意的人……

在此之前，我并未让自己仔细思考过：这样的行为模式让我还算满意的人生到底出了什么问题。

因为我害怕……

也许只是害怕软弱。

我的"乌龟壳"的确又硬又厚，自以为坚强。

这是有原因的。

我在沙漠中想起了很多事，因为景色无聊，内心忽然画面纷呈。

尘封多年的过往已经不会再痛，也渐渐失去了色泽，但在沙漠中又像海市蜃楼一样浮现在脑海。

我想起多年来我勇敢的"乌龟壳"是怎么一层一层形成的。

多年以前，弟弟决心离世那一天，还很年轻的我就知道泪水已经用光，再度站起来的时候，就是一个没有泪水的人。当了很多年作者，照理说感情应该很充沛，思想应该很风花雪月，然而我总在一阵轻微的摆荡之外，找到最好的武装。坚强坚强更坚强！

其实，在到戈壁的前一天，我刚刚办完至亲的葬礼！两年来，三起葬礼。我都没有哭。我强迫自己不能掉任何眼泪，因为我害怕眼泪勾动太多情绪，我怕涓涓细流，引发洪水……

长久以来我真觉得自己只剩下要命的坚强，这是面对所有困难的最适决策。

第二天，我们从最后一名变成了第三名。

走到最后，抽到的指令是退回三公里重走时，没有人撑得下去，但皆毫无异议，不想放弃加分机会。我想那是因为，我们都是创业者或公司主管，现实生活的英雄主义者，不愿意当害群之马。虽然内心中不断诅咒，但仍继续前行。

那一段路，没有人相伴，实在走不下去。难怪有句名言说："一个人走得快，一群人走得远。"

"这样吧，我们来谈比肉体上的痛苦更大的痛苦吧。"

看到有人撑不下去了，我走到他身边发话。我那已经一跛一跛满脸痛苦的队友很讶异地看着我，然后聊起他的痛苦来，那就是他不幸的婚姻。

温暖又冷血，常是解决痛苦的最适态度

我听着，"温暖又冷血"地告诉他，其实你的问题还来得及，也并不严重，只要你往前伸出一只手，就可以解决，不是吗？（反正我不是心理治疗师，不必只是提客观建议。）

他很倔强，如我昔时。

然后，我们不知不觉地把路走完了。

我们心中有许多"可是"，可是我们如果愿意解决，愿意付出一些关怀，也许事情不如表面想象那么坏，尤其是家族与感情的问题。

一个不合理的折返决定，有时也是上天关上门后开

的另一扇窗。

第三天,他微笑着告诉我,他给妻子打了电话展现和解诚意,至少已有契机。(后来,过了一年我看到他,他和妻子相处得非常融洽,融洽到我怀疑那是他的新太太。一个理工男如果愿意丢下自己厚厚的乌龟壳,往往会发现自己以往所思所见,并非真相。)

他当晚采取了行动,道了歉,发现妻子也正等待着一个破冰的机会。她在家庭的处境需要他的支持,不然,实在也难为。

其实他的果决让我暗暗觉得羞愧,我明白道理,但未必会伸出破冰之手。我自己的龟壳更僵硬。

呵呵,在看别人事件时我通常能一针见血,但看自己,未必。

"不见棺材不掉泪,不是你的特长吗?"我又对自己说,"你凭什么说别人,而自己并没有反省?"

或许沙漠因为无聊,所以才逼人不得不诚实往内看。

凡发生的事都有其意义,无论泪痕吻痕皆永新而长在。

第二天晚上,辛苦回到了帐篷,我发现我把自己的手机丢了。天啊,它曾是我最忠实的朋友。

还有脚指甲摇摇欲掉,膝盖跌伤。不过,还行……

然而,我坚持麻烦一位工作人员开车带我回头去找,因为我们队伍的合照只存放在我手机中。

一位队友新宇陪我回去找了一路,他的贴心让我感动。我们同班,同一个论文组,老是分在同组,但个性是南极与北极。他做事思考非常周密,我常常嘲弄他是一只烦恼很多的小猫头鹰。他则一向认为我冲动用事,逻辑有问题。我有话直说,他通常不直说,但又看得出有话没说……他能力极强,见义勇为,默默行善,智勇双全……其实是领袖人物,他忍辱负重地担任了断后的常山赵子龙角色。队长像没头苍蝇,只有新宇一路扶持着伤兵,鼓励大家往前走。

没找到。

第二晚,我最讨厌的不仁不义游戏又来了,又得淘汰一个好队友:我们队的智勇伤得也重,自愿请缨离队。那种感觉很像探险队里头粮食不足,伤兵们自请离队,自我了断一样,痛苦都在幸存者心里。他可以选择不要走,如果我是他,我铁定乐得不要走,但他被分到了伤兵队,竟然还是跛着脚决定第三天要走完全程。

这晚,屋破又逢连夜雨,我把安眠药发给同学后,发现自己没了。或许是上天旨意,我当然睡不着,睡不到两小时……整个人就算面带微笑,内心也是一座即将喷发的火山。

最后一天,全队能伤的都伤了。立力和贝西在第一天就伤得很重,一直走到此时,燃烧的已经是意志力了。

五点即出发,当结束了"噤声不语期",跨越黑暗、大放光明的那一刻,要我们选择抬人,而且不能是女性时,我们面面相觑(其实全队我最轻),我内心里又开始咒骂起"皇帝"来。

我也得加入挑夫行列。

回头一望,跟着我们三天的助教乃峰铁青着脸。他原是上一届第一名的队伍,来到这注定落后的团队中,恨铁不成钢之情屡屡浮出脸上,此时他也走伤了腿,处在自我情绪纠结的状态中。

他说他想要弄个杖子。

我其实是很开心地把杖子送他了。心想,其实你也没有太强,哈哈……

我是一个跑者,跑者没杖子,几十公里都还行。

其实此抬人之役损伤惨重。被抬的永盛冻坏了,一边自己唱着挽歌;第二天帮我的张伟一大早腿就跛了,经此一用力伤势更重;燕斌和王健都痛得咬牙,还是只能苦撑。这时候我才发现队长不见了……

"该死！需要你的体力时，你跑到哪里去休息？"我默默地对空咆哮。

长路未尽，连新宇都已经一脸痛苦。

每个人都有自己的心魔

把人抬到预定目的地之后，我真——的——生——气——了！

眼看着一队一队赶超我们，我决定不管队长说什么，往前走就是。

"我们再也不能把最后一位队员当成标杆了！"

"我要走完，最迅速地走完！我要结束这种煎熬！我再也不来了！再见！我再也不要看见沙！"

我们几个人，都很有"默契"地在最后一天没带传呼机。这样不吵。反正里头都是别队在吵。

因为队伍拖太长，所以被扣分，我有错。虽然新宇安慰我："其实，你以为我们没有看到你疯狂地往前走吗？我们也并没有想要阻挡你……"

大家都累了。而且的确，最后一天，真的没有谁听谁的了……我们是梁山泊一群好汉，却不是白起手下的精兵。我的问题正是团队的问题：不愿意面对裂痕，野蛮生长，各自为政！

你奈我何？——成也萧何，败也萧何。

不只我一个人在我行我素。

每个人都有自己的心魔。

我行我素，是心魔，如影随形。讲白一点，我的确是个该死的自由主义者与个人主义者！

的确，我是靠"我行我素"活着。二十出头开始出书时，我写小说，小说作者根本就是用脑创造小宇宙的上帝；然后我因缘际会当了电视主持人，不管团队几百人，当"开麦拉"一声令下，天下之恶归焉，荣誉也归焉……成败都在我身上。一切自主，没有谁的命令必须听。

这种性格在创业上的确带来许多沟通难题。

"千万人吾往矣"对我不是难事。经过尝试失败后，在创业选择上，我宁可选择"不做大，宁愿独资"。我到现在都不喜欢与合伙人和同事开会，因为我怕面对裂痕。

裂痕如果是事实，没什么好回避的，而且有帮助；但我常假坚强之名，逃它千万遍。

我们这么努力，还是最后一名！

成功者可以写励志文章，失败者只能自我反省。

这个团队里的人，个个都是自己事业中的强者，组合在一起，却成了成绩最差的一队……原因当然很多。名将云集还是输，反正历史上也多得是。

谁喜欢输？但我一点也不后悔。我们的人生拿过很多个第一名，不是吗？一定要珍惜最后一名的启示和意义。

最后大家都很宏观地认为，沙漠之行充满意义，而我们最终看见的是美好的一面。

我看见每个人个性中都有我万万比不上的优点：新宇中流砥柱伟人材质，育惟的乐观平和，汝玉的睿智冷静，乃峰的积极进取（当我们都放弃赢了，只有他还想要第一），贝西的无论如何永不放弃，立力的自我驱动力，王健的活在当下，张伟的谦和助人，永盛还真是忍辱负重，智勇的夺勇牺牲，燕斌的坚忍不移，我还看见了对我很头痛、我也对他很不服的队长的最大优点：他好宽厚，好温柔，总是为"弱者"着想。他虽然没有魄力，但他真的好仁慈，是个值得信任的朋友！值得钦佩的人！

真的羞愧承认，大家的情商都比我高得多……

有泪，是因为在乎

虽然在我最后一半路程领旗疾走时，队长应该很后悔把女人当成弱者。

到了终点。

我真的不自觉地有掉泪的冲动。那是我一直想要避免的感觉。我看看天,深呼吸,硬是把墨镜背后的泪水拭开,其他的,收了回去。

对我而言,这已经不容易了。

有泪,是因为我在乎。

那呼啸的风声还在我心中吹,回家之后,我写了一段文字:

并不爱寻找痛苦

却屡屡在痛苦中寻找到某一个自己

或者自由

总在行过险路之后

叹服那些风沙雨火

原来都是善意　将我千锤百炼

仿若种子突破硬壳

才能用根　将土地扎得更深

我从来以为自己喜欢孤独或习惯冷酷

与你携手前进

悄然发现

我心中仍有不熄之火

在荒凉的漠地中依然　流动如诗

世界并不美妙

亲爱的

但我们必须继续前行

寻找可能的绿洲　管他是不是海市蜃楼

而所有的叹息与执着

都将如细沙起落

在宇宙中从容逝去

但谁也不能否认　我们的会心微笑或是相视的泪眼

曾经　真实有过

运动不只是肢体，我的心也动了

我离开伙伴，回到台湾的前一天，在西安，我有气无力，心情复杂，思索混乱。

因为燃烧过，所以得处理灰烬的问题。

我决定，道歉。我的过往人生需要好多道歉。

虽然我走过的路绝对不是水晶阶梯，但今天我之所以还没有活成一个自己讨厌的人，毕竟靠的都是朋友——特别是"落地为兄弟，何必骨肉亲"的纵容与包容。

虽然我老觉得网络上很多酸民，一不高兴就关闭脸书，但我很庆幸这一则戈壁讯息，只发了二十分钟，就搜集了三千多的点赞，为我们团队赢得了点赞奖（第三天已经超过三万）。是的，我要感谢家乡的同胞，对我如此买单！

我想起我曾演过的舞台剧《欲望街车》的台词：我们活着，都是因为仰赖了陌生人的仁慈……

我先向队长道歉。

然后，回公司，和团队同事致歉。并且说明台湾手机遗失，看不到报表业绩，也无法解决难题，得到两个"正面"响应。

一、我们应该凑钱每三个月把你送回戈壁去！

二、你的手机丢了是天意，让我们过了一周的好日子。感激！

我还得跟唯一合伙人道歉。他教过我许多创业的道理，我们的公司所产生的与地方势力的纠纷曾几度闹上台湾地区的热门新闻，黑道白道都来，他总说："不要怕，有我在！"一路相陪，我疏忽他的存在也已经有好几年，但他没有计较过我的独断专行，可能是因为公司还在获利状况，也可能是他实力坚强就算我搞倒了也连累不了他……总之，我在表达意见时，可以不要那么决绝，对不起！

我也跟老公道歉。仔细算来，我们竟然认识了二十五年。每年忘记任何纪念日的都是我（我才不玩一般女人在意的那玩意），每次同学们看到他，都故意排队和他握手致敬说："辛苦了！"他总是含笑不语。他平日在公司统御千军万马，对我却从来没有意见和要求（我自我感觉太良好，总想哪有人像我这样，不唠叨不吵闹不管他，不要他养说到做到，多优秀多干脆呀……我连来念中欧国际工商学院都只是淡淡地说我要去上海考试）。

我从不要求同意，只要求祝福。

回来后我说开场白："我要跟你聊聊，我不能够这样过下去……"这时，他脸色唰一下发白……

要道歉的人很多。包括我的母亲，一辈子我没有服从过，可是，她已离世。

人生再走一遍，我应该还是一个不听话的女儿，但是，我的态度真的可以好一些！

如果有一分钟，让我来得及稍微卸下我的壳，也好……

或者，我应该早一点走这个沙漠。

或许，我还会走一趟这个沙漠。

我已经应征了大中华区戈壁EMBA大赛，这让人咬牙切齿的戈壁，请再度欢迎我！

富士山，我终于来了；
高山症，终于不是阴影！

跑完了和歌山马拉松、苏州马拉松、波尔多全马，我还完成了我多年来的愿望，登上富士山。富士山有三千七百多米高。虽然它比玉山低，但因为纬度的关系，它的山顶应该等于五千多米的亚热带高山的环境。

我曾经在秘鲁高原上得过高山症，所以一直用这个理由，阻止了我自己。

富士山原本是个火山，钝圆锥体，不难爬，只需要一步一步往上走，并且确定自己一直在深呼吸。一般而言，只要体力和健康没有太大问题，勉强自己一下，应该都爬得上去。

爬高山这件事很奇妙，和"成功"给我的感觉一样：如果你是慢慢爬上去的，一步一调节，你到再高的地方都会适应，不会忽然头昏脑涨，目眩神迷；如果你是搭飞机一溜烟上去的，那么不得高山症也难，因为你难以适应压力的骤然改变。

换句话说，**一步一脚印的确有其必要。慢有慢的**

扎实。

我是在富士山五合目，也就是两千米左右的登山口和我的登山老师集合的，在此之前，我根本没有爬过山，连登山杖和帽子等装备都是在登山口买的。傻胆的另一明证。

我只带着我的傻胆，和稍加训练过的体力。

看似轻率，不过当时我知道，要想取得一张富士山登山证明，只需要报名的勇气和实际的征服罢了。

我了解自己的性格，只有跨出第一步、第二步……不要阻止自己，那么，我就会到达终点。

不要去想那个难。

以统计比例来说，去爬的人百分之九十九都成功了，那么我又有什么理由不能登顶呢？

虽然，富士山仍然不是一座小山丘，上山时的确让我感到呼吸困难，下山时一路踢着火山砾，又在提醒我"人生下坡路不好走"……

富士山上坡和下坡是不一样的路。上坡的感觉像在爬花岗岩，下坡一路踢着滑不溜丢的火山石，下坡比上坡更容易打滑跌倒。而且，太阳很毒，毫无遮蔽，也无风景。感觉自己不是在奋斗，而是在忍受。

富士山攻顶，我只花了二十四小时，整整一天，但那一天的感觉，仿佛人生走一遍。

下坡路，好像人生中年之后。

年轻时像在走上坡路，举步维艰，吃力翻山越岭，一直以为"退休"后人生就是一片坦途，总想着下坡路是比较好的。事实上，下坡时由于体力耗尽，风景无聊，才发现其实上坡路的艰难中自有美妙之处。

我不希望中年之后只能走下坡路。大家期待的那种含饴弄孙（我二十年内绝无资格，孩子还那么小），不用上班，每天不必思考，也没有波折与惊喜的日子，对我来说实在没有吸引力。

运动之后我改变了对"自信"的看法，自信不能只是一种脑内风暴，不能没有强壮的身体当基石。

对自己的身体有比较好的掌握度之后，人才会拥有真正的能力相信自己有力量做些什么。

我发现我喜欢跟有在做"心肺"运动的朋友来往。也许是因为这些人新陈代谢比较正常吧，他们比较少抱怨上一代，忧心下一代，不自找麻烦，比较乐观。人生碰到问题比较不会自怜，也不会像迷宫老鼠一样动不动又绕回原地，不会唠叨琐碎，并且对别人比较不会有疑心病，胡思乱想出好多敌人！

运动的人，通常都自我感觉良好，带着正能量。

"为什么你这么热衷运动？"

刚开始的念头，是因为孩子太小，想想，她二十五时，我都快七十了，如果我不健康点，难道要一个正要展翅高飞的孩子，每天在担忧生病年迈的母亲吗？当爸妈真正的爱是把自己身体练好！

有了念头，加上持续，千里之行，真的是可以完成的！只要想到不好的身体，会让你困在各种痛苦里，运动的酸痛或伤害，只要不逞强，都会好，没什么了不起！

其实，只要你现在开始第一步，你想做的事没有任何事情是难的。这些年我身边的朋友越老身材却越好的很多，他们常说是受了我鼓舞："看你都可以了，我也来试试看吧！"我的运动资质其实很差，朋友们都知道。梦想虽然遥远，但我还在慢慢赶来……

我打算要拥有一个世界冠军，在八十五岁的时候。

我跟朋友说，我想要拿一个世界冠军。在我八十五岁的时候。在哪个方面能够拿到世界冠军，我曾经做过"理性"评估。我统计，如果我八十五岁时能够跑完全马，只要在关门时间前（通常都是六或七个小时）跑完，我应该可以得到世界冠军，接受大家对于一个老太婆的欢呼。

朋友说："不可能，我相信你一定只能是第二名！嘿，真不巧，我的梦想跟你一样！"

他和我同龄，我们都在中年之后才开始练身体，他比我厉害，不穿跑鞋（真是铁砂掌）可以在四小时左右跑完全马。如果路程不难，我的成绩是五小时半左右。我从来不太勉强自己的速度。跑完全马的第二天，我还能逛街。

这一切要靠每天持续的练习，马拉松是比耐力，而不是比速度，较没有天分的问题。我这位朋友，年轻时就是运动健将，创业多年，饮食不调，也曾把自己糟蹋出一个啤酒肚，百病丛生，也是"二度就业"的运动者。我以前自认为文青都是不爱运动的，班上大队接力从来不会选到我，如今高中运动校队的同学都在抱怨自己膝盖坏了，我竟然还可以轻轻松松长跑，我自己都觉得不可思议。

"呵呵，我一定是第一名，因为我是女子组的。就算是男女一起算的，哈哈，我也可能第一名，因为女人平均活得久！"我对朋友说。

我每周去健身房"撸铁"（就是用那些金属器材）两次，偶尔去做瑜伽，每个月平均练跑八十到一百公里，如果有两天没运动，我就会觉得全身怪怪的。我的腰身和大学时候差不多，赘肉算少，没有蝴蝶袖，消掉了可恶的小腹,仍可以穿下S号的衣服!

"还能够跑,是多么美好的事情啊……"

跑步的时候,我总能听见内心里的"超我"对自己这么说。

跑步,让自己的皮肤感觉身边穿流的风、浮动的空气;感受温暖的光和毛孔上的汗不断打着招呼;感觉自己的脑里积压的各种灰色物体渐渐蒸发,失去了沉重的烦忧;发现自己原来很幸运,因为能够大口大口地呼吸……我体会到原来自由并不是枯坐着无所事事,而是仍然可以大口喘息,随意舞动肢体或选定方向无所阻碍地奔跑,仍明亮的眼睛仍然可以瞻望美丽遥远的远山和天空,心跳的声音让我明白我当下的确兴奋地活着……生命果然沐浴在神妙的魔法之中。

卷三 我听见学习的鼓声

如果这世界上灵魂不灭的话,我们可能会像「小王子」一样,到每个星球旅行,这一生,有幸来地球。

我,只可能来地球一次,那么,学习就是我来这里的任务。尽情地活,努力地学,也许什么也带不走,但那却是让我的旅程会过得充实愉快的经历。

别让三十岁之后，精彩人生就死了

请你讲讲你人生中最精彩的故事吧。

有个发表在知名期刊的访谈录，访问了三十多个老人："你人生最精彩的事情是什么？"

老人们打开话匣子，零零碎碎地回忆着：考上大学，离开家，和情人许下承诺，刚出社会吃了些苦头……

学者整理归纳发现：老人觉得精彩的事，全部发生在他们三十岁以前！

也就是说，三十岁之后就没有什么精彩事可提。

这实在是个让人毛骨悚然的结论。试想，现代人动不动就活个八十岁，后面三分之二的人生，在记忆里没有任何精彩值得提？

的确，一般人在三十岁过后，生活开始迈入稳定期，结婚生子后通常不再追求什么梦想，然后，老，病，死，轮番来袭。企图还让人生活出精彩两字的人，确是少数。

什么是精彩人生？无疑的，没有岩石和暗礁激不起美丽浪花。精彩人生必是入虎穴取虎子：遇到困难、尽力冲破，于是你得到你梦想的结果或你意想不到的收获，这才叫作精彩。

如果你一碰到阻碍就往回走，永远选择最安全最通俗的路，哪里有所谓精彩？

但是大多数人在自觉得不太年轻之后，总是老于世故地选择一条不刺激、看似保险的道路，变成芸芸众生之一，开始嘲笑那些还在冲锋陷阵的人傻，为什么不享清福呢？不回归正道呢？不修身养性，"含饴弄孙"呢？

我的确是个很在乎中年之后仍企图精彩的人，还很享受在校园读书，还在体验很多新鲜事，看到机会也不怕重新创业。我永远喜欢没去过的国家，学习还不会的事情。我的耳边常常出现许多来自"正常中年人"规劝的声音。

"干吗这么累呢？不是退休的钱都有了？"（做事难道只是为了多赚钱？）

"赚钱有数，生命要顾！"（做事业一定得不顾身体健康吗？）

"那么拼干吗，不如好好照顾家庭！"（努力工作就不能照顾家庭吗？）

这些老生常谈其实都有逻辑上的谬误，把还在努力的人打成了功利之徒，扣上了自私和贪婪的帽子。

不再追求，不再挣扎，不再有火花，自设栅栏，熄火灭灯……这样的人生，固然安稳，但是否也像一座自找的监狱？

仔细想来，任何"主流思想"，都是要我们的人生稳扎稳打，以安定为最高目的。于是许多上一代，在孩子刚从大学毕业，就要他去寻觅一个"有退休金"的工作，太多人过了三十岁之后，把梦想当成了梦呓，不再做梦，只想活着。

我觉得这是一件恐怖的事情。只想稳稳活着的同义词是，静静地等着死。怕死，又不敢活，多么矛盾。为了一件事情努力的感觉，多么美好。

没有野心，就像是一只不想离笼的鸟

用中文说人家"有野心"，从来不是一句好话，应该都会让人不由自主地想起剧里被画成白脸的曹操之类。

对于女人，恐怕更不是个好的形容词。说的人必有贬义，必然认同牝鸡不能司晨，分内事必然不做好，就是一副宫斗剧里的狠角色，也没好下场。

野心有什么不好？多元社会有很多的发展路径，有野心不代表要把皇帝干掉。

有野心的人都有理想，也想要付诸行动。

而我们对野心一词，竟然如此敌视。

野者，应该是自由自在奔驰原野，不想被原来规范束缚的意思。一个人如果想要活出自己的路，都是要有野心的。我说的野心，是不间断的企图心。

乔布斯没有野心的话，我们不会那么快有智能手机；马云没有野心的话，没有阿里巴巴；莎士比亚没有野心的话，不会写那么多精彩的剧；郎朗没有野心的话，不会弹出出神入化的琴声……举不完的例子，任何有成就的人从来没有任何侥幸，他们都在一条意念清楚的路上坚持前进，就算是面前忽然遇到一团乌云，他们也会在迷航之后找到新的方向，继续扬帆。

野心不用大。野心是，想要让自己到达某种高度，过某种生活，做某个事业，想把一件事情，做得比自己想象中好，而且，不断寻找可以达到目标的方法。有野心，未必表示他不能过寻常生活，想要排除异己，或者眼高手低……这些都是封建时代的偏见。

比起"有梦想"，我还比较欣赏"有野心"。

有很多人谈梦想，都是用来让现在的自己觉得伟大的，并没有真的想要实行。这个心理学上的成因在于，我们习惯把将来的自己当作别人，乱开未来的支票，现在也不用太费力。

我还真的蛮怕人过了三十五岁、四十岁，什么也不是，还满口谈梦想的。净谈梦想，而自己根本完全没有在通往梦想的那条路上的中年人，还真的不太少。

在我看来，每天看政论节目，大发议论，但现实生活中对家庭贡献有限的中年男子，就是用"关注"大议题来取代对现实世界的失望。他们一再地谈论不能改变的事，而且用个人的意识形态来改变别人，使他们眼睛有着迷离的幻想之光。

我有个朋友的老公就是这样的人。她是个很有才华的女人，我很乐意跟她聊天，但如果她约我，我都会特意问：这个饭局你老公也来吗？如果她老公也来，我总会沉吟一会儿，找个理由说我很忙。我真的不想浪费时间听一个某种政治或宗教的狂热分子侃侃而谈，浪费一顿饭的好心情。

至于那些老是关心别人家私事或八卦的人，当然也敬谢不敏。我在影剧圈很久，未必跟明星们很熟，不要问我谁是同性恋者、谁的婚姻如何……就算我知道，我也不能说。因为那不关我的事，而且是别人的隐私。

我记得我曾经在某顿饭中故意接了个电话，说我有急事，然后礼貌开溜。因为对面的那位昔日同学，问我的某某某的事，比任何报社记者敢问的事都多，让我食不下咽。我什么都不回答，显得我不够亲切；我回答了，则没有口德，也不够聪明。问题在于，她问了A，我已支开话题，然后，她还非常没有知觉地问了B和C……这饭真的不能继续吃下去了。

中年之后，我知道自己剩下的时间不那么多，对于我不想浪费的时间，去留取舍比较果决。

有些人没有野心，但对于管别人家的事，野心十足。

我们都该有野心来过自己想过的生活。而不是把重要时间花在并不能让自己高兴，对别人也没有帮助的地方。

如果你不喜欢野心两个字，比较好听的说法，是有企图心，或做事积极。

社会还是在进化的，这些年来，有企图心的人比较被接受了。如果一个上班族被老板评为没企图心，那么，他虽然不会被炒，但也绝对不会被升迁。

我们最应该有的野心，就是活得精彩，而不是在短暂地燃起梦想，说得口沫横飞之后，简短地被一句"很难"或"算了"打败，然后继续躺回自己并不满意的生活方式，等着哪天有人来拯救自己离开那条并不想走的路。

你至少要有让自己过得好的野心。

你至少要有让自己过得好的野心，于是需要刻意学习。

为学习设定一个短期目标

我觉悟得不早，也不晚。

从三十岁后，我打算每年学一样新东西。算一算我还真的学过不少东西，不管别人看来有用还是没有用，不管真会还是假会只能做做样子，不管学得深或学到皮毛，从来没有一样是我后悔曾学过的。

我是个"可以用力，但事实是没什么忍耐力，如果是不喜欢的事情，大概也无法为了利益做长期努力"的人。

由于我的勇气高过耐心，所以我在学习上喜欢给自己一个进度、期限，或者是目标。

万一真的没有太大兴趣，我至少可以在达到短期目标之后潇洒地掉头离去，告诉自己："至少我们是因为了解而分开！"

短期目标，表示敲了入门砖，之后要不要入门，或有没有条件更上一层楼，那就要看自己是否想再前进了。

在我看来，人的学习态度，大致可以分成两种。

一种只想要漫无目的地在生活中凭经验学习。

一种是积极地刻意学习。

大多数人（在我看来其实是八成吧）都是经验学习。经验固然重要，但是过度随机，未必能够从经验中归纳出任何结论；过去的经验，事实上也不能够完全用在对应未来。如果没有给自己学习目标或期限，一辈子的确很容易在"老地方"得过且过地混过去。

人云亦云。

得过且过。

对大部分事情不求甚解。

这样的人生当然活得不深刻，每天会呻吟自己无聊，找事情只为了耗时间的人，多半属于此类。

有些人也不是不想学，只是太喜欢用"学这个有什么用"或者"没有时间"来当借口。事实上，这样的人活得蛮功利主义的，也永远活在"表皮"上。

有用，他才学。

这个说法简单阐述起来应该可以解释为"你要努力读书念好大学才可以赚更多的钱"之类的。人生所有的积极作为都当成为了"钱"这个东西。虽然，你要他承认自己势利，他绝不承认。

很多人有种观念而不自知，且视为理所当然。

我记得有一次聚餐，我早到了，一位医生同学看到我拿出了一本有关经济学赛局理论的科普书在读，很惊讶地跟我说："又没有要考试，读什么书呢？"

呵呵。原来很多人到了这个时代，观念还停在《儒林外史》范进中举的年代。读书等于学位等于前途，如果中间没有等号，求知对他没有意义。

我强调的是"刻意学习"的人生。

我很喜欢学东西，只要我想要了解一样东西，那么我喜欢跟着该行业的专业人士学习。我的老师比我年轻很多的，大有人在。

术业有专攻，专业非常重要。

跟专业人士的一小时学习，比跟非专业人士东说西聊几年，成效大许多。虽然后者让大家感觉没有压力。我很怕东说西聊的场合。但在我看来，如果你不刻意去找专业人士学习，大多数人聚在一起，都是："你不知道，我也不知道，我们就算聊一百年，也是谁都不知道！"

刻意学习的人生向往的是："如果你知道，就请你告诉我；如果我知道，那就由我告诉你！如果我们都不知道，那么我们就一起去找知道的人请教吧！"

一群不知道的人，有啥好聊？我没有太喜欢"一群臭皮匠，胜过一个诸葛亮"这种俗话。非专业的经验法则，大概只适用于百年前的社会，那时的社会变动不大，时间很多，很多事情都可以用七嘴八舌磨牙根磨掉。（我对于开会的态度也是如此。我认为任何会议都绝对可以在五分钟内开完，一定要有主旨和目标，开会又不是同乐会。可惜大部分会议，都流于一群不知道的人在纷呈己见，胡说八道，连为什么发生意见冲突，都不知道。）

做事业，做大大小小的工作，我是个目的导向的人，但我的学习除了了解，未必有什么目的。

这些年大家都或学开车、游泳，或学英文日文法文，或练高尔夫球等，除了学习这些实用技术之外，我的确因为半好奇半逼迫地要求自己学了不少东西。

有时我也会以拿到证照为宗旨以确认学习结果，算是给其实没有天分的自己一个交代。

比如潜水，比如帆船。老实说，我没有真心喜欢水上活动。

潜过几次水、开了几趟船之后，虽然得到相当大的乐趣，但是也没有一直在从事类似的活动。只在忽然有机会的时候，参与一下。毕竟这两者都需要很"专程"的投入，而我只有一些粗浅的知识，只能做到敢下水，还有至少了解怎样不会把船开成"泰坦尼克"号而已。

以潜水来说吧。一辈子没有潜水过，还真可惜。

虽然已经几年没有潜水了,我闭起眼睛都能够回忆起在海水水面以下的感觉。阳光照在珊瑚礁上,水光在头顶画出美丽的蓝色花圈,我每吐出一次气息,都变成了一个漂亮的水泡,急速漂向光的所在。就算眼前没有缤纷的热带鱼群,或者舞动着肢体的海葵和水草,在海底的感觉也仿如忽然落入了禅定和静心的体验,世界安静到只剩下自己的心跳和呼吸,时间消失了,杂乱的思绪像是一个忽然被整理得干干净净的衣橱。

我潜过台湾的一些安全海域和潜水胜地西巴丹,那种心旷神怡的感觉绝对不是只在海面浮潜往下看的海龟型玩水者可以体会的。

有些事,以我的天分来学,很吃力,但学了之后,发现它带给我的乐趣和意义,在想象之外。还真的像是天上掉下来的礼物。

比如说弗拉门戈舞吧。我曾经热衷地学了两三年,常常在出差的时候,在旅店阳台上练习基本舞步。

我曾经笑自己是"感觉统合不协调者",从小对于舞蹈,就算被老师拿着竹枝子打,也显然打不出天分(罗曼菲和许芳宜小时候参加的兰阳舞蹈团,我也参加过几年,但始终是那个笨手笨脚、跳不了主角的小学生)。

当年跟我一起学习弗拉门戈的同学,有好几位都曾是职业舞团的台柱。

但是,那没有关系。上不了台,我的努力至少让我能够欣赏舞蹈。

奋斗会成为一种习惯,乐观会形成一种力量!

学不好,有什么关系?奋斗会成为一种习惯!

我也上过两年的摄影学院,学会使用各种相机,就算在连电池都会挂点的寒冷南极,我用脑中精算的手动光圈的机械相机还是能够拍出挺好的照片。虽然,摄影的科技发展得太快,摄影在这几年已经不算一门专业技术了,我的那些手动相机也都束之高阁,可是无论如何,我还是相当庆幸自己学会过使用那些笨重的老相机,体会过快门按下的那一刹那目眩神迷的感觉,并且至今还舍不得丢掉,那放在冰箱里许久的,已经没有人会帮我洗的幻灯片。

我觉悟得晚。三十岁前,在谈感情和跟人际关系或原生家庭的各种自我纠结中,愤怒、焦虑、忧愁、怀疑自己,浪费了不少宝贵而美妙的青春时光。

也就是说,我忏悔自己花了那么多时间在跟其实不会得到任何成就感的事情,比如爱情拔河。

三十岁之前我像只自以为有本领的"黔之驴",其实招式很虚,有一张还算漂亮的学历。

有关好好读书这一点,我觉醒得比较早,大概是初二就开始觉醒了吧。在乡下学校,我是山中无老虎,猴子称大王,初一的时候,只要我参加任何比赛,什么作文啊阅读啊演讲啊,我几乎都能名列前茅,成为学校的风云人物。有一天我在上厕所的时候,听到两个女生在外头谈我:"那个吴淡如,不管她多爱出风头,她成绩比我差,这次月考只考了二十几名……"我很清楚地听到这句话。

孔子说:"不愤不启,不悱不发。"我就是这种要受到刺激才会有所启发的类型。我心里想:"好家伙!我……下次一定要让你看看我也是会读书的!"

我开始准备好好念书参加考试。后来,又是山中无老虎,猴子称大王。初三时,宜兰县的模拟考是全县一起举办的,我考过好几次全县状元。不只是"女"状元,而是男女生全部的状元。考试被我当成某种娱乐,所以升学主义虽无聊,对我造成的伤痕不深。

说实在的,后来想想,能够看轻我的,都是我的贵人。被"黑",其实是短空长多。

既然无敌手,那么一直留在乡下好像没什么意思,所以我才会来考北一女[1]。那时候我悟到了，像我，没有太好的外表条件，没家世也没有祖产，完全不能不奋斗就出人头地……那么，世界上对我最好的免费资源，就是一纸好文凭。一定要念最好的学校，这样我日后就不用一直跟别人证明我不笨。

到了北一女，才知人外有人、天外有天。从乡下来，中文被语文老师笑是"乡下发音"，英文发音不标准，从来不知道有英语电台，第一次听到英文歌，而且发现大家都会唱的时候，我真的好惊讶，她们到底是不是外星人呀！

高一成绩不好参加不了乐队，身高不够参加不了仪队，甚至作文还被老师评过文不对题给了零分，也加入不了校刊社。高二为了证明我不只是个什么都不好的乡下同学，我努力读书。

奋斗会成为一种习惯，当然一直想要一百分，也会有很大的人生副作用。

没有自信的人，一定会用自卑或自大当自己的脸。

我是个取巧的人，虽然当时我好景仰建筑师这个行

---

[1] 北一女，即台北市立第一女子高级中学的简称，是台北的明星高中，以培养各领域女性精英而驰誉台湾地区。

业，但我更想要上台大（一句老话，如果你什么都没有，年轻时最佳策略就是去拿一张好文凭，那么你一辈子不用太努力跟别人证明自己不笨），上台大的话，念文法商显然比念理工容易。所以我到高三时自己摸着头想了想，转到文组去。

转到文组，连本来不算好的数学都相对下变得成绩优良。高三的时候全校模拟考，我是真的考过北一女全校文科一千多个人中的第一名。那时候我得意地想：其实很厉害的台北人也不过是这样呀！我不是那种超级用功的人，但我一向会用"老师会怎么出题"的眼光来对付教科书。

总之三十岁之前，我是个不真的有自信，却又挺自大的家伙。

那时候的我，唯一拥有的资产大概是对写作的热情。

从现在来看，我那时候的"宽度"实在有限，只从有限的生活和阅读中学习知识，活得并不是很自在，也过度在意别人对自己的看法。

其实我年轻的时候，鲁莽从来没有缺过，但并不真的勇敢地追寻自己。

三十岁那一年，最难以承受之重，应该是我弟弟过世吧。

从小是资优生，念建国中学，考上台大电机系的他，是个聪明却想法负面的孩子，大学一毕业，在种种解不开的情感之结中，他选择结束生命。

现在说起来平平淡淡，因为已经时移事往，事实上心里这个伤口结痂，花的时间超过六七年。

我当初去学自己并不是很感兴趣的机械相机，其实是为了转化另外一种方式怀念他。

他在台大的时候，当过摄影社的社长。我学摄影的初心，是想要带着他的另一双眼睛看看这个世界。这个缘起，开启了我的学习步履。我开始尝到了主动学习的乐趣。述而作，对我充满诱惑力，比跟人家喝下午茶聊是非有趣多了。

学习是我来到这星球最重要的任务

有些触动过生命的节拍、声音和瞬间印象，永远像刚摘来的蔬果一样有朝气，在我的记忆宝盒里，从来没有被遗忘过。而且让我相信，最光华亮丽的人生，就是由一些不为人知的感动所组成。

每个人都是来这个星球旅行的小王子，主动学习使你不遗憾。

如果这世界上灵魂不灭的话，我们可能会像"小王子"一样，到每个星球旅行，这一生，有幸来地球。我，只可能来地球一次，那么，学习就是我来这里的任务。尽情地活，努力地学，也许什么也带不走，但那却是让我的旅程会过得充实愉快的经历。

学习是很有趣的，可惜人类社会把学习制式化，设定了很多竞争规则，让我们在学校里为了和别人竞争，失去了自信。

我们被迫学习了许多不能解决生活问题，也不能帮助我们建立思考模型的知识，枯燥，苦，而且感觉被催逼。所以我们不知不觉地把学习妖魔化了，一想到学习就皱眉头，就觉得害怕、心虚、自卑、烦闷、鬼打墙，而且还不自觉地想要和其他人比较。

被迫的学习，不管学的东西是多么有意义，就像是强迫你吃下的东西，再美味的食物也会让你失去味觉。

主动的学习，才能翻转学习的乐趣。

事实上，学习可以是极广义的，就算是工作的时候、旅行的时候、上菜市场的时候、购物的时候、看书的时候，甚至追剧的时候，我也通过观察，学到了不同的国家或不同的人身上，我所景仰的长处，和我欠缺的东西。

但是，只有生活上的学习与触发，其实是不够的。

你不能老是等自己顿悟，你还需要课堂上的知识，因为系统性的知识归结了前人智能的累积。

我相信社会是最好的大学，但是一个人如果想要成长，不能只是随意地在社会大学里面打混，守株待兔地等待自己感悟。

学习，然后反思，才能把生命提炼出厚度。

如果只是守株待兔，不主动学习，那么，就算活到八十岁，最多也只能倚老卖老。我们的身体退化，而智慧与智商并没有进化，没有反思能力的人，不论活到多老，情商也高不到哪里去。

学有兴趣的事，就能创造有节奏的生活。

勇气就是学习的利息

我后来学了好多东西，也在学习中获得了勇气。

不管学什么，你得学会克服挫折，你一定会得到那附带的红利，就是勇气。

勇气让我不怕学习，不怕坦诚失败，有了新的视野，在学习中，路越走路宽。

我不敢说自己变成多好的人，但至少比起当时，我是一个更能解决问题、更能接受新知、更能理性思考、更勇敢的人。

还有,一个更懂生活乐趣的人。

我跟着陶艺家黄玉英也做了三年陶艺,至今家里用的碗盘还是那时候的作品。

我的手笨。连拉坯都要她帮忙才会拉得工整。不过,我很享受陶艺所带来的类似"女娲补天"的乐趣。那几年,我没有什么休闲生活,大部分时间在摄影棚和录音室里度过,摸摸泥土,从有到无,是我最佳的消遣。

没事我就在陶艺工作室圈泥条、拉坯或彩绘盘子。

后来她打算开班授徒。为了要放电窑,我买了一间位于忠孝东路的顶楼当陶艺工作室。我付了所有的装潢费用,也没有收她房租,她也没有收我学费。我们在陶艺工作室里还请了王仁杰老师来教我们油画。

王老师在几年后成为非常受注目的抽象画家,他的画作水涨船高。因为我的油画技巧实在不太高明,所以也不好意思说自己是他的学生。

油画课,大家都在临摹凡·高,只有我在画自己的想象画面,老师一直很容忍。名师未必出得了高徒,但是跟"真正会"的老师学,是很有乐趣的事情。

不知道该说是我不适合油画,还是油画不适合我。油画的确麻烦,而且我是急性子,等油彩干,真的快等出心脏病来,洗油画笔时,又搞得自己全身衣服都花了,洗也洗不干净。我后来改用亚克力材料的油彩,这种速干原料比较适合我的个性。

反正我大概只适合涂涂墙壁。抱着这样的心情,绘画一直是我的心头好。我常常在孩子睡着后,在我家小小的客厅摆出画布,万籁俱寂时,我是唯一的画师,用饱满的颜色,画着我脑海里的动物朋友们。他们似乎在对我说,谢谢你把我释放出来……我一个人会忍不住大半夜里自己微笑,感觉"法喜充满",画到舍不得睡觉。

我后来在故乡梅花湖畔开了小熊书房餐厅,其中一个目的就是把我那些不太有人欣赏的画挂出去。在开饭店的朋友的邀请下,我开过一次画展,还把画卖光了,把款项捐给慈善单位。主办单位对我说,怎么画价开得这么低呀?其实我心里想的是,有人喜欢,我就十分感恩。

这是真话。我是个擅长谋生,也有幸能够待着高报酬产业二十年的人,不管做什么,不管我的学历或专业,我都尽力学到做到我能做到的地步。我尊重专业必有市场价值,不能自贬身价,但如果那是我的兴趣,而且我也还在"学中做,做中学"的话,我一点也不在意价格。我常常免费且兴高采烈地帮朋友设计商标或封面。

写作,有时会有时间压力,或者题目被专栏的编辑"枪毙"等问题,并不是纯粹的娱乐,但画画对我来说,是纾压娱乐，总能让我很高兴。

静静地，专注地，用笔在空白的画布上，没有拘束地画出自己想要的形象和色泽，兴奋感在我的血管里跳跃，我甚至能因为感觉自己的脑波变得和谐（如同柏林爱乐所演奏出的悠扬协奏曲，用俗话说就是"头顶有光圈"）而领会到：此时此刻活着，真好。

年轻的时候，在意的是生活技能。

当生活无虞，我们的学习常常钝化，觉得自己凭着已经学会的一招半式，就可以永久闯天下。其实当高深莫测的AI世界到来，所有的技能都可能在瞬间变成不被需要。刻意学习是必须的，可以多让自己认识新的朋友，看见新的路径。

大部分人，都采取生活工作二分法来对待自己的人生。工作，等于卖命，为了赚钱；生活，只是日复一日地吃喝拉撒睡。怕死，却无作为地坐着等死；想活，却没有尽心让自己好好活。

如果能够换一种态度，用着学习的态度去应对工作和生活，人生怎么可能无趣？

有几年时间，我做着珠宝鉴价节目，也花时间去研读翡翠鉴定课程；我喜欢咖啡，就考了英国的吧台咖啡师执照，并学习咖啡烘焙；喜欢酒，我考了WSET二级葡萄酒品酒师、烈酒品酒师以及日本清酒侍酒师……说起来很简单，但我也花了好几年的时间。

有时我去考执照，有时我回学院读书。近十多年来我念了两个商学院，虽然很花力气，考试都是真枪实弹，也十分辛苦，但是这些学习本身比我赚得的利益更值得珍惜。（为什么我那么喜欢EMBA？当然有原因，在《别被劝告大队带着走！商人之道如此壮阔》中听我道来。）

我常常遇到似乎很有兴趣，一直询问我，但几年都没有行动，嘴里眼里常存遗憾的人。忙，不是理由，我其实不相信他们能比我忙到哪里去。**有些事情其实又好玩又简单，只要学就会了。在想行动时找理由拖延，只肯做自己熟悉的事，同时又在抱怨无聊，才是人在原地踏步的原因。**

我不是个专一的人，
却是个专心的人

我弟弟的小孩，曾经被诊断为注意力缺失（Attention Deficit Disorder，这个名词还有ADD等缩写和说法，因为这不是医学书，所以不是重点，不在这里讨论）。比如刚上小学时，他在上课时会不由自主地忽然起来走动。他并没有吵到同学，但对班导师是一大困扰。

我弟媳妇在老师建议下带他看医生，开了一些药。我一向很有实验精神，把那个药拿来吃吃看，嘿，果然它不是真的用来"治疗"，而是用来"减缓症状"的，甚至要说它麻醉也可以。我吃了之后，一个下午昏昏欲睡，根本不想动弹。难怪老师认为它对过动的孩子有效。

注意力缺失是一种病吗？我不认为。在原始时代，人类从幼儿开始，他们虽然有父母保护，但也必须在原野上学习如何采果子，如何跑得快点以免被老虎吃掉……他们应该不会像一颗一颗蛋一样好好地被放在笼子里，就像现在的小学生。如果老师上的课很无聊的话，还要那么小的孩子集中注意力听，本来就是违反人性的事。

侄子现在已经念大学了，是个活泼懂事的孩子，基本上没有太大问题。

说真的，以传统老师们的教学方式来说，大概只有十分之一的老师，教学的趣味度能够让孩子们听下去。要检讨的不是孩子，而是大人。

没有人能够证明，那些小时候就"乖乖听讲"的孩子，长大之后会比较有出息。他们只是比较服从集体主义而已。而那些注意力不集中、被老师讨厌的孩子，很可能最后变成讨厌上学，那才是问题。

我不认为注意力缺失是一种病。正如老年的记忆力缺失，也不是一种病，是老化的过程会发生的问题，应该有吃药之外的方法。

有一本谈克服注意力问题的书《分心也有好成绩》（*Delivered from Distraction*，中译本已经绝版），作者是哈佛医学院的爱德华·哈洛威尔博士（Edward M.Hallowell, M.D.），这本书很有意思，归纳了ADD的好处和坏处。他说ADD的大脑是一部跑车，有时候会横冲直撞，但如果能够好好地管理与应对，它的性能可以优越无比。

事实上，我从小也是个会"晃神"的小孩。如果我觉得那堂课无趣，我很难专心听课，如果不是乱走动或跟同学们讲话会被罚站,我应该也会常常站起来晃动。因为没办法听课,所以我发现在课本上写小说、画图,假装是在记重点,是不错的排遣方法。

我以前常常觉得,如果某些课,老师并没有一直呱啦呱啦讲解,同样的时间让我自己读,用我的理解方式,应该可以学得更好。我的成绩不算差,应该都是自己在考前读来的,始终不是在课堂上专心听来的。如果一个老师,照本宣科地照着课本念,而且声音并没有太好听的话,那凭什么要学生乖乖听课呢?如果一个老师的观念,没有任何亮点与不凡之处,那么学生怎么能够被钉在椅子上坐一个小时呢?何况一天要坐个七八小时呀。

辛苦了,孩子们。

我在课堂上的注意力缺失问题,后来念EMBA进入学校,也并没有完全改善。如果老师教的没有系统,不是新知,我真的还是听不下去。好的老师当然很多,但也有一些老师,就算教到了最高学府,教学仍然没有章法,或者提出的都是二十年前商战上古时代的旧案例,真不知道怎么佩服他。

尤其在EMBA里,学生都不是省油的灯,我还看过企管博士还来念EMBA的。大家虽然很世故,不会拆老师的台,但私底下做什么,老师可管不着了。我通常在写稿。

"你真是够了,一边写稿,手在打字,还可以抬起头来跟老师点头!我本来以为你这么认真,一边听课还一边做笔记,没想到还有这招!"坐在我后面的同学,发现了这个秘密。

"喂,你打了一个错字!"有一次,我后头的同学竟然还在默默帮我校稿。

"你可不可以专心听课?"我又好气又好笑。

他耸耸肩:"唉,真的好难,如果我专心听课,我就会很想睡觉,我怕打起呼来。"

不只我。如果老师完全照本宣科,而且不互动的话,你会看到这群年纪其实和老师差不多的学生们在做什么。有人在看监控的屏幕,观察员工在他不在时做什么;有的在写企划书……

我记得有一次上课(不好意思说是哪个学校),有一位英国剑桥的博士,不知道为什么还真不会讲课,用的题材老掉牙,而且自以为幽默的地方都让人尴尬,但因为班上导师真的管得很严,所以同学们也都不敢溜出去晒太阳……更恐怖的事,他这堂课要整整教十六个小时,两天。

我隔壁的那一位优秀的建筑师女同学,竟然拿出手游来打,几个小时后,我把手边稿子写完了,也忍不住了，对她说："可不可以借我打一下？"

她大笑，差点惊动了老师。

我们来看ADD的好处与坏处吧，以下为我所节录的精简版：

好处（以下只是可能）：

一、不随俗的思考方式。

二、可能有不一样的创造力。

三、独特的人生观与幽默感。

四、意志力与坚持。难听一点叫作顽固。

五、直觉很强。

六、个性温暖，大方。

坏处（其实很多，这里只列十二项）：

一、无法对别人解释自己的想法。

二、受挫折时觉得很沮丧或愤怒，挫折忍耐力较低。

三、不擅长做规划，包括理财。

四、被不了解的人认为懒散，态度不好，不

专注。

五、缺乏组织能力。房间或书包乱七八糟。时间管理也会出问题，常到了最后一刻才想做重要事情。

六、会被新奇或刺激的事所吸引。

七、特立独行。对于他认可的事，他才会有同理心。不喜欢的，会非常没有同理心。

八、很容易对某些东西上瘾。

九、常常陷入思考或发呆，不管自己在哪里。

十、未必有道理，就会改变方向。

十一、无法从失败中学习，常常重复同样的失败策略。

十二、不太记仇（这也是好处）。容易原谅别人，大部分原因是因为日子久了他就忘记了。

这些坏处，我原来都有。这本书使我了解了自己的短处，自己想办法去解决它。我很明白，我绝对不能够用"正常方式"要求自己。

以时间管理来说，外人看来我做得非常好。好像一天可以做完很多事情，事实上，只有我自己知道，我仍然有"把它拖到最后一刻"的习惯，要用一些方法来对付自己。我明白，我工作效率最高的时候，其实是必须出门前的一个小时（要让我感觉到有一点压力），所以我常常会告诉自己："嘿，你只有一个小时把这个报告写完，或做完PPT档案。"然后给自己一些小小犒赏。犒赏很简单，不是买东西，很可能只是再喝一杯咖啡。

我也还是受不了过长的讨论和开会，受不了唠叨，或者是我认为的废话。如果对方说的实在是废话，或没有逻辑，为了防止自己不打岔和辩白，我常常必须看天空或强迫自己脱离现场，去想完全不相干的事情。不然，那种感觉和有痒不抓的感觉非常相似。

哈洛威尔博士说，对付这种ADD，最好的方法还是运动，或让自己专注地做某些事情。

我做了许多事情，考了一些执照。看起来好像没有章法，其实对我都是最佳治疗。写作不可能不遇到瓶颈，而在瓶颈期我的情商的确很低，那么我就必须暂时放下这件事，做另一件事调剂，等我做完别的事再绕回来我的主要任务，通常我的情商会恢复正常。

———

对我最难的事，就是发誓自己一辈子要做同一件事情而已。

有些人就是很厉害，一辈子只喜欢一件事，只能死死爱一个人，我应该没有这种美德。

而我的那些执照通常都是很有生活娱乐性的，对生活是很好的调剂。就算我的本质还是半途而废，就算有时候我真的好想旷课，但我会好好安慰自己，按部就班把那个计划做完，把那个执照考到，不然老是在遗憾的话，我的人生会充满沮丧。

记得念大学的时候，我应该是班上最会逃学的女生吧，因为我一点也不享受念法律，但后来，就算老师教得实在听不下去，成年的我也还是会坐在课堂上。这就是与自我达成协议的结果。

最重要的，不是做给谁看，谁怎么看，我都不在乎，但我自己怎么看自己，我很在乎。

"人家不是说，一辈子最好只专精一件事吗？为什么你要做那么多事？"

有一次演讲后，一位北京大学EMBA的朋友这么对我说。

我想说的是，你应该把很多名词都搞在一起了。

你应该也认为一辈子人也只能爱一个人吧。祝福你，如果这世界上每个人都可以如此，那么失恋者应该会像侏罗纪的恐龙一样绝迹了。

你要有特长或专长，但谁说只能有一个？

很多人很优秀,有一个超凡入圣的专长,但是并不代表这样他就不能有其他的乐趣,只是其他专长没有到世界之顶而已。

马友友应该不是只能做拉大提琴这件事吧?

那个电动车大王埃隆·马斯克(Elon Musk)厉害了,他十岁那年买了第一台计算机,并自学了如何写程序。读书时同时专精商学和物理,并且在互联网、再生能源、太空探索上都有卓越成绩。他连怎么上火星都自己参与研发。这样的人天分极高,他必定找到了研究创新的原则和方法。

你还在说人只能专心做一件事?你可能不知道,要人只有一个专长,基本上来自法家:"螣蛇无足而飞,梧鼠五技而穷。"(《荀子·劝学篇》)意思是:螣蛇虽没有脚,但力大能遨游太空;飞鼠技能虽多,能飞能爬能走,但无一技之长,很容易被猎人捉走,用来比喻人的技艺多却不专精。

但你不是梧鼠。法家,或集体主义,当然是希望一个人越容易被定义越好。这样才好管啊,谁要你有独立的思考方式和独立的人生呢?

太想用一个简单的方式定义自己,等于是缴械了自己的自由。

人生非常有趣，除了工作，有不少在文明中累积出来的技能值得探索，千万不要太早把自己关进一个"我只能……"的笼子里。

只要新鲜的事，我还是想学，非关文凭或证书，我只是想在学习的路上，也不想被任何笼子关起来。

我不是个专一的人。那个"只能"对我太难，太无趣，也无意义，但我做任何事情的时候，我都很专心，在同一时间份额内，习惯把它做好，只要我敢承诺的事，就好好地完成它，这是充实与幸福的来源。

别被劝告大队带着走!
商人之道如此壮阔

考上上海中欧国际工商学院时,我曾告诉朋友们说我"又有书可念"了,马上有一位昔日同窗来相劝:"人到中年,应该要养心、养身,怎么还往名利场钻,要看透啊……"

她认为年纪大了,应该皈依佛法。我唯一的因应叫作笑而不答。

我只能来个"已读不回",一笑置之。显然她对商学院有很大偏见,觉得那是个俗不可耐的地方。她觉得人到中年就该告老还乡,虔心礼佛享清福;道不同,又何必开辩论会。

我观察到:年轻时,大家对于彼此前途,都比较能宽容祝福,到了中年,不知不觉变成了"劝告大队"一员,劝年轻人还不够,对于周遭中年人也爱相劝,不管关己不关己。而且也不在乎自己有无资格,就来送你一个"像关心的教训"。

喜欢开口教训别人,是每一代中年人的特长。好像人生过了一半，就有资格说"不听老人言，吃亏在眼前"，但年纪虽然长了，他人生走过的路也未必多。

细数我被"中年人劝告大队"劝过的事还真多……

开始练跑，无数中年人来劝你，膝盖会跑坏，中年人，散个步爬个小山就好……

看同龄人工作奔忙，就老来劝：别太累了，赚钱有数，性命要顾……好像人每天早上起床，悠悠晃一天才是正经。自己出了校门未必好好看过书，却爱劝诫自己孩子：努力读书，不然你老大徒伤悲……但自己年轻时也未好好用功，老了也不热爱成长。

要劝人，自己要先做到。不是吗？

中年群组特征就是常有人贴"怎样活到一百岁"之类的长青文和劝世文，还有早安图……特别爱传一些没有根据的PO文[1]来劝别人。

我曾访问过一个营养师，她劝别人要摄取足够蔬果，别吃夜宵，批评别的专家邪门歪道，当她振振有词说明中年人每日至少要做三十分钟心跳超过一百三十下的运动时，我望着眼前有八十多公斤的她，有点发傻。她敏锐

---

[1] PO是post的缩写，PO文就是在社交平台"发布文章""发状态"的含义。

我听见学习的鼓声————133

地读出了我的眼神，说："我是因为太忙，演讲太多，做不到……"

难道我不忙吗？呵呵。在我看来，说的比唱的好听的人，别废话了。

中年人劝告部队会劝年轻人一出社会就要找个有保障的工作，告诉你大多数食物都有毒，劝你如何对待老公他才不会有外遇，自己亲子关系未必好还爱教导别人育儿经，也会劝人世道险恶不知道的不要碰为妙……

常动不动劝人，背后的原因应该是：脑僵化了，才想用"固定格式"套住别人。

我常常警惕自己，别被劝告大队带走，也别加入中年人的劝告大队！每一代年轻人必须有自己主张，因为他们面对的未来淘汰更加无情。未来，不是"老了，就没用了"，而是"如果你没专长，那么你很年轻就没用了"，什么都做不了，只能用嘴申请加入劝告大队了。

人生本来就碰碰撞撞，耐撞还要会闪

很多人在年轻时就一路犹豫，选择大学志愿时，通常是最犹豫的时候。

事实上，我只有一个看法，就是："能够考上你想要念的学校或科系，最好，但那也不一定就是你的未来，你的未来随时有机会转弯。总之，面对选择，不需要太挣扎，选一个有可能爱的，就不用犹豫，努力地念就是了。如果你努力了，真的不爱，那么，你不要害怕掉头，也不要吝于更换！"

我们的面前有很多选择，最可怕的不是你选错，而是你不选择。

不选择也是一种选择——原地踏步，什么执行力也没有，对未来来说，才是最坏的选择。

还好，我们已经不会被十八岁的志愿决定一生，我们充满自由，只要你做一件事做得好，已经没有人认为你一定要是什么"科班"出身；没有人规定你做什么一定要念什么。

我自己大学念的是法律，毕业了，但我的确对人间律法没有兴趣。我肯定学法律这件事的确对我的人生有正面指引，使我变成了一个理性的人。但是否要贡献一辈子在这里头，我实在百分之百不愿意。

我当然也犹豫过，要不要考律师法官，这在当时看来是很能享有社会地位的显赫之路，两三年后好些同学都考上律师法官，我虽然没有兴趣，在校成绩实在也不差，还拿过法律系书卷奖，有几个晚上挣扎到了失眠，要不要也去参加考试？那个时候我正在念被视为"注定会失业"

的文学院研究所，心想：如果能够花个一年半年来准备考试，多个执照，是不是能够让我比较被社会看得起一点？

那个一直在勉励我的"超我"说："去吧，只要刻苦一点，你行的。"

本我："可是我做这个工作，真的不会太开心。你难道不知道我终于毕业，可以不用再翻六法全书时，我有多高兴？"

超我："可是你明明可以的！最近的录取率放松了许多，那些考上的同学其实在校成绩都没有你好！"

本我："拜托你不要这样比！那不是我要的人生啊，如果我每天起床都要进法院的话，我应该不会活得很愉快！"

超我："反正你很会考试，你去考，如果考上了，大家都会觉得你好棒！"

本我："我为什么要让大家觉得我好棒，而我自己一点也不觉得那样的生活很棒？"

挣扎了几个晚上，我放弃了。虽然我一直当"不畅销作家"直到三十岁，浮浮沉沉好些年，好几个过年我因为怕听到冷言冷语，连家都不敢回，能够订到去哪里的机票就去哪里，但是回想起来，至今我仍然感谢"本我"的坚持。

不是每一次都要让那个充满正面力量的"超我"获胜。

方向若不对,加速前进会让你走更多冤枉路。大道之行也,方向要对才行。

念完中文研究所之后,两个我也进行过这样的辩论。我那时候拿到了南部某个知名大学的聘书,"超我"很高兴,"本我"一点也不想去当老师。老师是个不容易的工作,我教学的爱心和耐心不是没有,但是绝对不够。每天去同一个学校教同一群人,第二年又教同样的事,我想到就觉得头皮发麻。拿到聘书时,我竟然只有虚荣感,完全没有兴奋感。

"本我"又赢了。

年轻的我只知道我不想做什么,并不知道我想做什么。送到眼前来的机会让我后来进入报社工作,薪水微薄,但我觉得那个工作至少会让我每天上班时"逸兴遄飞"。在完全没有社会经验的时候,为了升学而读书,无从明白自己的欠缺,事实上我并不知道自己真的想要学什么。不管读了什么,都训练了我,补足了我的某些欠缺。

我还真是"读了什么都安然毕业",但都"真心不打算要做那一行"。

我最不想当的就是传统文青,宁愿当下里巴人

我一直在写书,但我实在不是典型文青。跟文青说话很有趣,可以享受某些喜悦感,然而,文青多半是愤世嫉俗的……基本的意识形态大致是这样:

"你不买我写的书,那就是你看不懂我的格调!"

"俗人们做的工作,不值得我参与……"

除了谈意识形态与理想之外,其他都是俗气的。谋生也是为五斗米折腰,不得已。

有钱的都是为富不仁,穷才能自视清高!这一点其实很矛盾,大部分文青很在意他们的知识产权可以换得多少价值,不是吗?

言语的巨人,行动的侏儒,全身最有执行力的就是舌头和笔。

蜚短流长,尤爱议论时事政局,在他们眼中,谁的才华都不如他,都是文盲。

才刚开始出书时,我写的东西就很平浅,文青们觉得我不够高明;作品畅销之后,又被文青们视为写作致富,罪该万死。所以事实上,除了几位当时和我一起出道的朋友之外,我并没有和太多的伟大作家朋友来往。避开同行,比较安全。

我显然并没有太爱参加同行聊天，也不加入作家联谊会。

避开同行比较安全这件事，我还蛮认真执行的。在影剧圈二十年，每个人都认识，但并没有成为"生活上的朋友"，因为我不打麻将，对没有主题的聊天和八卦兴趣缺乏，不是真的很需要"无话不谈"的朋友。（写作者的好处就是可以直接把想说的话用各种方式写出来，真的不需要用嘴一直聊。）

我会去念商学院是因为欠缺。四十岁的时候我踏入台大EMBA，正因看到自己理财能力和概念的不足。我本来想去学理财的。侥幸考上之后，我才发现那是我对商学院的误解，商学院其实并不教你江湖理财致富的要诀！它顶多能够教你看懂财务报表和管理企业！

我第一次读商学院时，根本没有真正的企业需要管理，而且连对商学、财报和会计的基本知识都没有！我当初选法律系其中的原因就是可以不要算账和修什么微积分呀。

我其实很喜欢商学院的课程以及商学院的同学。有人是去扩展人脉的，但当时我又不做生意，所以这并不是我的目的。但商学院的确让我认识了很多比较真实的人。这是一个商战时代，从事商业行为并且能够用自己的才智来获取资源的，无疑是这世界上真正有行动力，也真正睿智的人。

可惜我们从小不知不觉地被灌输着反商情结。可能在百年以前，华人世界看到的商人都是在路边摆摊营生的小贩。我念书的时候也从来没有想过有一天会开始做起生意，变成一个商人。当时，我只知好好读书就不用"汲汲营营"于生计，不用看天吃饭，或看人脸色过日子。

然而，我现在认为，如果要给我一个定位，我是个商人。比在我的头衔上面加上什么作家、主持人、艺人，我都舒服些。（马云说企业家：一、企业家做事必须有结果，没结果就没明天没未来。二、企业家讲效率：别人做一件事只要十元，你做要二十元；人家三天，你要五天，你就没机会。三、企业家经营追求公平，无法强迫人交易，这就是公平！我不敢自称企业家，公司小，只能称商人。）

一个商人，就是一个用自己的资源与全世界在进行交换的人。资源，可以是有形的，也可以是无形的；当我是个作者，我用文字和这世界进行资源交换，换来我的读者的阅读和稿费；当我是个演艺人员或主持人，我用我的声音、表演、娱乐指数和外貌，换来你的开心时光或让你不无聊；用你我都欣然接受的方式交换资源。

商人之道其实是现代社会每个人都要有自己的资源和营销能力，堂堂正正地活着。商人不掠夺资源。不掠夺，只交换，活得平实又心安的商人之道。

有趣的是，我们往往以那些掠夺资源者为崇高，如古代的皇帝，如为了石油发动战争的领袖……

商人之道，于孤独中判断出价值

让我们来看一看为日本万元钞上提供头像的知名商人福泽谕吉怎么说吧。

商人是孤独的，因为孤独才有价值，他所面对的都是自己的竞争者。

农民希望的是安定，而商人要以不安定而高兴，因为不安定乃获利之源。

商人一定要期盼冒险，并盼望危险不断发生，但不要踏进危险的旋涡里。

商人靠利息而活，所以不能过着隐居的生活。

农人要为恒久的土地而高兴，因为他们必须深耕大地。

商人像水中浮萍一样，到处漂流吸取养分。

居住过的地方就是他的故乡，他的坟墓也可能是世界上的每一个角落。过石头做的桥，也要边走边敲，看它稳不稳。

用心地走别人开的道路，是女人、老人和小孩的事。

我脚踏的地方就是路。

所谓别人的路，并不是自己的路，这才是商人之道。

——福泽谕吉

多么壮阔的宣言。

商人之道，是一条有趣的道路，也是一条冒险的道路。虽然我属于福泽谕吉口中的"女人、老人和小孩"，也就是老弱妇孺，但是我喜欢这条商人之道。

我刚进入台大EMBA时，刚上课很是吃力，因为除了看过几本企管的大众书籍之外，我没有读过任何商业科目，也未修过任何会计或财务的学分，连基本概念都不知道。老师在讲课时常用一些大家都知道的简称，比如CRM、SOP、HR、B2B、B2C……我连这几个最简单的词代表什么都不知道，问旁边的同学，同学们都在窃笑，心想，这个人到底是来干吗的？

"就是不知道才要学呀！"我并没有觉得太不好意思。

有一次老师在上头讲到麦当劳的business model，我问坐在旁边的学长，什么叫作business model？他竟然笑到椅子都倒了。这也太夸张了。

business model就是business model呀！他上气不接下气地说。

可是……任何字词都该有构成要件和解释吧？你不能到了商学院还告诉我：凭感觉，凭直觉，business model……就是，you know？see？well？这么笼统。

我花了蛮大的力气，每一次只要是必须运算的考试，我都如临大敌。有的同学根本就是会计师，一大堆数字和报表，他们看一秒钟就知道问题出在哪里，但连基本会计也没学过的我，要抱佛脚死背好多公式，算得满头大汗。

里面当然也有不用算的，比如"管理心理学"或"组织行为学"，或者只需要逻辑加理解力的谈判和供应链管理之类。我发现我最感兴趣的，竟然是"国际金融实务"以及"宏观经济学"，曾经在金融业和证券业工作的同学教我的，不会比教授教得少。

这些对于实务和大众心理学的了解，也使我在后来的理财操作上避开了金融海啸。事实上，法律系讲求合理规则的精神，用在理财的操作上也很实用，这使我能够很坚持地避开像雷曼债券那种大家都说没问题但我觉得一点也不合理的产品。

商人的智慧，也是生活的智慧

如果我没有研究过，或者简单计算过，我不会购买任何专家推荐的股票和产品。

事实上，我也明白，许多在电视上侃侃而谈的理财专家或股票专家，因为收受了利益所以才肯积极宣扬某个产业或公司，也常因为太相信自己的内线或融资杠杆过高而让自己的财务状况陷于险境。

高买低卖，逢低布局，谁不会说？他们的准头只怕比命理师还差。

历史上唯一可以用绩效来证明自己"绝大多数是对的"，大概只有巴菲特一个人了。五十年来他的确创造了每年百分之二十的投报率，复利效果非常惊人。

我的同学们来自四面八方，有工程师医师律师会计师，有外商高阶经理人，也有许多白手起家的创业者。他们花了几十年从赤贫走到上市，用他们的人生经历教了我许多事情。

我发问，我观察，我主动要求协助。

我求知，且收获得比想象中要多。

我竟然是在四十岁以后才渐渐学得一些商人的智能，也是生活的智能：

一、要有度量——顾客批评你，就算未必有理，你也必须胸怀大度。

二、要有应变能力，要会解决问题——问题会一直来一直来，时代在剧烈转移，不要期待人活着会有没有问题的一天。

三、不要怕被拒绝——脸皮太薄，自尊太厚，绝对做不了事，还会自找麻烦！

四、要大方——会计账上，小钱当然也要算得很清楚；正规费用，收受要很有原则，该给人的一定要给人。但是只会省钱的小气鬼做不了大生意。

五、世界上往往没有最适决策，只有最佳决策。

一个坚持"一定如此"的人往往卡在某一个地方，让自己动弹不得，或把自己的处境弄得很僵。我必须权量轻重，找到一个可以一直往前走的方式，做生意，对事对人，都是。

不知不觉中，我身上那个隐形但沉重的厚乌龟壳，重量减轻了许多。

我放下了很多以前的我。

在念完商学院后，我在同学的协助下开始经营我的餐厅和民宿的生意（呵，我目前已发誓不再涉足服务业或特许行业），以及在海外房地产管理公司的投资，也入股了一些同学的企业，半是运气，半是找对人，入股的公司在几年后都获利了。

为什么半是幸运呢？事实上，根据有人对EMBA的统计，同学们毕业后合股生意，损失的比率不止七成。

为什么获利了？因为，现在的平台转移很快，不要期待有什么百年公司。比如说，当时我投资网络某基金代理平台，曾是业界第一家，第一家应该算是"蓝海策略"吧，但过不了几年已经变成红海，而且还是一片血海。"去中间化"是互联网时代铁铮铮的挑战，现在根本不需要基金代理公司，每个合法平台皆可以销售，利润已十分微薄。一家公司若发现自己未来发展有限，能够接受购并，是大幸，硬撑下去不会有什么好结果。

不过，找对人也很重要。我愿意投资的原则是：不管案子多么动人，我要找的是"很怕朋友赔钱"的那种人。我只投资这样的人。到目前为止，还没有错过。

在这里简单提一下餐厅创业经。我常常遇到朋友们跟我说："你眼光好，知道那里会有发展……"我常哭笑不得。

虽然遭遇了很多问题，的确，餐厅生意在前五年非常好，可是地方当权者一看生意好就暗暗出招，"变化一直来，一直来"。这两三年来状况就不是那么美妙了，所有的服务业负担都提高了两成以上，还有观光客不再出现，退休公教人员也因为退休金削减而不再常常出来旅行……各种原因，许多当时生意比我们更红火的餐厅都倒了。

而原先因为地方政府鼓励观光而成立的民宿，因为某年忽然宣布加税，土地税增加五倍左右，营业税增加十五倍，房屋税竟然可以在一年间增加二十倍，更不用提工资往上增加，加上团购网上不得不削价竞争，旅客稀少……经营民宿的净利完全不够付税，幸好几年前已减量经营。

本来台湾东海岸就是天灾频仍，但天灾不可怕，人祸才难防。

商人之道，艰辛之路。福泽谕吉要我们"过石头做的桥，也要边走边敲，看它稳不稳"，的确有道理。看来再坚固的东西，的确都有崩落的可能。

危险之所在，获利之源，商人之道从不平坦，但充满挑战。

人生想转弯，就去念书吧！

从台大商学院毕业十年后，我又报考了上海的中欧国际工商学院。

外在，我明白经济情势已逆转。

内在，我已经厌烦了不断重复的娱乐圈工作。

广告老早被网络瓜分了，在缺乏资金之下，电视台没有任何人想把节目做好。一个小小的棚，几部机器，老旧布景，靠着主持人和来宾呱呱呱地坐着聊天"顺录"，一天录完一周最省钱。台湾地区的主持人做的其实都是"直播"，为了省，播出几乎等于不剪片。

当时做到了全台收视率第一的节目，每集制作费不到新台币十万元。有位制作人曾笑说："一件武则天穿的戏服，应该够我们做上一个月。而人家出一集外景节目花的钱，我们可以做三年！"

为了争取收视率，谈的都是八卦流言，不惜拆散别人家庭，也不惜毁人名誉。

我其实早该离开这样的环境。

夕阳余晖早已不是无限好，我其实应该更早看出来的。只因当时仍在顺境之中，节目还一直雄踞在排行榜上，我迟迟才看见夜色渐深。

二十年，做着主持工作，我本来预期，没有麦克风我会不习惯，事实上这两年来，我过得很好，而当时居高不下的血压，如今也不再那么惊人。我为我的血压做过检查，医师说我并没有什么明显问题，断定我是心因性的。如今证明他是对的。

不想做，又不想走，把自己摆在不舒服的环境下撑着，血压不高也难。它是我的警铃，只是我一直忽略它的提醒。

到上海念书半年后，我正式离开电视圈。仍然在台湾地区主持一个广播节目。一周五天做广播，我快乐多了。广播不必那么炒话题，不必在乎每分钟收听率，听众也比较愿意收听知性节目。

中欧学院入学考试很难，七个录取一个。我花了一些时间重读逻辑学，还有高中数学。那一阵子，有几个台大同学一直被我烦，尤其是当医师的，他们是联考常胜军，肯定数学很不错。

"你确定要考这个吗？真的很难……我都快忘了……"连他们都这么说。

当年的台大EMBA入学考也考了数学（现在已经取消，改由书审），但那时的数学考的应该只有初三程度吧，中欧学院考的可是高三程度！为了算那些数学题，我的头发白了不少。

我考上的时候，最高兴的，除了我，应该是被我烦过的有功同学。

然后，我继续学我的"商人之道"，这一次和上一次大不相同。这十年间，我已经有了不少投资经验，也经营过公司，还逃过了金融大海啸。如果说第一个EMBA是我的启蒙，第二个EMBA更让我长大。

上海两年的学费高达七十多万人民币，还不包括往来交通住宿和杂费支出，我的估算加起来就是一百二十万人民币吧。

商学院不怕谈钱，任何东西不是有价格就是有价值。

写这篇文章时我刚好毕业了，我必须郑重地说，它的价值，绝对高于我付出的所有价格。

同学们来自北大、复旦、交大，还有哈佛、斯坦福……还有奥林匹克数学冠军，我的天资大概只是平均值，但年龄相较已经是超高值。两年后，我还是以前几名成绩毕业，但那不重要，重要的是知识修炼、个人的成长，还多了好多相知相助的兄弟姐妹……

学习，挑灯夜读，是我的春江花月夜。

就算毕业，我一定还会去念些什么。

我一点也不想被中年人劝告大队带走！别拉我，你们自己走吧！

相信时间的力量

从来没有人是天生天才,而成功需要一万个小时。

成功的要素是什么?畅销作家马尔科姆·格拉德韦尔(Malcolm Gladwell)写了一本探讨成功关键因素的书*Outliers*,中文译为《异类》。认为子女成不成材父母有责的人,都应该读一读它。

它的主要论点很有趣:成功需要一万个小时。

固然自小有人天资特别聪颖,但这些特别聪明的人,未必将来就会出人头地。曾有一位专家刘易斯·特曼(Lewis Terman),挑选了智商特别高的天才儿童,追踪他们日后的成就,发现大部分只是中上而已,并没有任何人变成全国知名的响叮当人物。相反地,因为智商达不到特曼要求,而被他淘汰的小学生中,有两位是诺贝尔物理学奖的得主。

绝顶聪明并没有用,格拉德韦尔认为,重点在于"生在对的家庭、对的时代",还有,攀上任何行业的世界巅峰,至少需要一万个小时的练习。

就以音乐神童莫扎特来说吧,如果他的爸爸不是音乐家，他从小就不会耳濡目染学会弹琴和作曲。有个分析指出，虽然有个传说：莫扎特六岁就会写曲，但他早期的作品，大多是改编既有的乐曲而成的，并没有什么惊人之处，可能还经过他父亲的修饰。等他写出最脍炙人口的第九号钢琴协奏曲时，其实已经是二十一岁了，离他开始写曲子，已经有十多年的时间。

作者说，即使许多小孩从小学琴，如果到二十岁想要成为钢琴家，至少要练一万个小时，每周至少要练三十小时。如果练琴时间累计四千多小时，只能当音乐老师。

格拉德韦尔又分析许多作曲家、篮球高手、作家、溜冰选手、棋士，甚至是犯罪高手，他都发现，没有一万个小时不足以成其"优秀"。也就是说，如果每天练习不辍，从事同一项活动达三个小时之久，至少也要十年的苦练才能让一个人登峰造极。

至于当今领导全世界的计算机天才，格拉德韦尔也都发现，那是"生逢时"和"久练习"的结果。目前计算机业的泰斗如比尔·盖茨、乔布斯、比尔·乔伊（Bill Joy）等，都是一九五五年前后出生的计算机狂，在他们的生长环境里，恰巧有些因缘，使他们得以夜以继日地和当时相当稀有的大型计算机设备面对面，所以才能搭上浪潮扶摇直上。

就算被认为或自认为有天分，优秀的文学天才也至少经过一万个小时的努力，否则他只能变成"一书作者"。以村上春树来说，他一向躲避媒体追踪，为了新小说的出版，勉强接受记者访问，他曾谈过自己写作某本新书的过程，以为作家依靠灵感或才气完成作品的读者，听了必然十分意外。他说，这本书足足写了半年，一天也没放假，每天早上四点起床，写到九点，至少会写五个小时，也还得写满十张四百字的稿纸才停笔。为了有强壮的意志力和健康的身体可以写作，他养成每天慢跑几个小时的习惯。

你一定会想：这简直像在日日行军嘛。

其实，村上春树并不是特殊的案例。

有位屡屡获得国际艺术大赏的法国绘本艺术家弗雷德里克·克莱蒙（Frederic Clement）来台湾时，接受访问也说，他每天早上五点就起来画图，十点就得上床睡觉，像是在做苦工，完全没有一般法国人的浪漫社交生活。自开始写与画以来，几十年从未间断。

有些创作者的生活则苦力到让一般人难以想象的地步。有一位著名的希腊裔作曲家库罗斯（Yiannis Kouros），还是世界一千公里马拉松纪录的保持人，他也曾来台湾参加比赛，对记者说，挑战马拉松的意志就是他创作音乐的原动力，跑步时，下一首曲子的灵感就会跑进心里来。他在学习音乐创作的那七年时间，每早先去路跑五小时，训练自己的意志力，那时，当学生的他每天只睡一个半小时！想起那段艰苦的日子，他自己又感动又感慨。

虽然，创作并不是只需悬梁刺股的努力，总要有才华做基底，但在看过许多艺术家或作家传记后，我大略可以完成一个有趣的归纳：成功且长命的艺术创作者多半过着规律而自制的生活，不成功或短命的艺术家则多半活得酒色无度、荒诞不经。

才气和灵感就像一顶很重的轿子，没有引擎也没有轮子，不管有多绚丽，总要有些"苦力"来抬轿，才能走远路。

"煮豆燃豆萁，豆在釜中泣，本是同根生，相煎何太急！"听过三国时代才子曹植七步成诗故事，都会羡慕他的灵感与天才。没错，他是很有才华，我们可曾想过：在做那首短诗之前，他还写过多少诗，又读过多少诗书？他下的苦力，不只在那"七步"而已。

你以为别人是天才，是父母生得好，其实你没有看见别人的努力。

话说回来，我认为：如果没有一点兴趣，大概也累计不了一万个小时,如果在刚开始发展一项才能时,没感觉到自己比同辈的人稍微行一点,也不会有继续钻研的兴趣。一万个小时的努力都不是父母可以监督得来的,父母只能提供良好环境,愿不愿意造化,是否能花一万小时打通任督二脉,到底还是要靠自己!

我在写作上至少花了两万个小时,很汗颜的,并没有什么大成就。就是很有兴趣,不写会死。它已经成为我人生的最佳陪伴,也是长期特效药。

人生有限,其实我并没有其他足够的一万个小时去完成另外一个主要的专业项目。

我有个理论叫作"一百个小时"登堂入室!

一百个小时,不用过度努力,只要按着节奏不懈怠,你就可以渐渐登堂入室,就算不是专业,也胜于业余。

我开始在台大操场吃力地跑一百米时,也从不敢梦想有一天我会完成全马!

只要你按着规定、计划的节奏,把它放在心里,尽量不要因为其他事情将它推却或荒废,那么,你会到达的,而且一听到它,你的眼神就会发光,熊熊自信燃起!

走出去,天空就开了,不断地走出去,就有无穷的路!愿意有耐心解决,人生就没有永远的问题,只要你命还在。

我曾经是个文青,但我真的发现,**一切,自我纪律最重要**。那是远方的鼓声,引导我迈向更充实的自己。

就让我用一杯咖啡，
换一刻灵魂自由

在这里，让我由咖啡来写人生的进化过程。

咖啡，不只是一种饮料，是一种人生。咖啡不苦，如果你投入咖啡；生活不苦，如果你投入生活。

出自个人偏好，我一定要花时间来写咖啡。如果有一种饮料，可以与我共谱人生的交响诗，那么，一定是它。

我永远记得那种我一时不能欣赏，却也不能够否认的味道。

我的第一杯咖啡，来自奖赏。

十二岁，第一次月考，刚从台大外文系毕业回到东部小镇任教的导师告诉我们，前五名的有礼物。体罚时代只知道考不好会挨打，从来不知道考得好会有奖励。被未知的奖品驱动是一种充满希望的感觉。

礼物是什么？在不流行送礼物的年代，这勾起了我的好奇。于是从来不曾在考试前努力读书的我决定要努力一下。

被打赏的那一天来临了。年轻的导师带着我们到她家中，让我们吃了蛋糕，然后端出一盘镶金边的杯子，倒下了褐色的神秘饮料。

几个同学互看，不想拒绝，但充满疑惑。

我只记得那淡淡的苦味，和感冒时被迫喝下的药粉有些类似。老师说，那叫咖啡。

之前，我知道什么叫作咖啡色，但并不知道什么叫咖啡。

"为什么有人没病还会喜欢喝苦药呢？"这是我最初的疑惑。

虽然没有觉得太美味，甚至感觉对一个孩子来说那是轻微的惩罚，我还是把那杯咖啡喝光了。

因为它是我的奖品啊。

老师看着皱眉头的我说："你长大后会喜欢它的。"

老师对我很好。虽然我固执、好强、不太合群，上课也常情不自禁地把眼神飘向窗外，但是她始终耐心对待我，不认为我有什么大问题。她借我好多书看，包括《小王子》《红楼梦》等。让一个并不喜欢在外头玩的孩子在下课后多了一个美好生活的选项。

我用各种奇怪的方式想要引起老师注意，包括用各种我想得出来的新奇方式写作文。她竟然都能够欣赏。于是我更是加倍地讨好她。

很多年后，我成为一个还算能够把书卖得出去的作家时，我和已经打算移民海外的陈老师见了一次面。她对我说："你是我第一年教的学生，我那时候未婚，没有家累，热情十足，自以为可以春风化雨，我后来想想，如果不是第一年就遇见你，我应该没有那么大的耐心，你真是个不好应付的孩子呢……"

呵呵，我真的从来不知道，我曾经给老师伤过这么大的脑筋。

我一直非常感谢她，用一杯在当时很不寻常的饮料，激发了我对人生各种可能的想象力。

咖啡与爱情

最原始的咖啡树，公认长在埃塞俄比亚高原上，这应该是经过中世纪文青美化过后的咖啡源流史：一个埃塞俄比亚的牧羊人，发现他的羊很爱吃一种红色小果子，吃了之后还特别喜欢蹦蹦跳跳。牧羊人忍不住也尝了这些果实，感觉兴奋不已，于是向一位天主教修士吐露了这个故事。会让人没缘故兴奋的东西，对修士来说，当然是恶魔的礼物了，于是恨恨地把这些红色小果实丢进火里，没想到它竟然发出更加迷人的香气。于是，按捺不住好奇的修士们将这些烧焦的果子搜集起来，磨成了粉，加入水里饮用，并且发现这种香味特殊但具有苦味的饮料，对于不眠不休的苦修与祷告很有帮助，于是，第一杯咖啡诞生了。

你可以选择相信剧情曲折的浪漫传说。比较朴实的说法是，曾经有一片咖啡林，发生了大火，而人们竟然发现着了火的树林如此芬芳，于是采集了豆子制成饮品。

很久很久以前的人，一生虽短，但没有我们那么多事要做，活着常只是为了吃饱穿好。我相信具有"神农氏尝百草"实验精神的人并不是很少，而长日漫漫，如果能有一种饮料，可以瞬间提高精神兴奋度的话，是多么奢侈啊。那么，人们都将不辞辛苦地得到它。

人类历史中那些抛头颅洒热血的征服故事，不都是为了掠夺某些我们想要却非必要的东西吗？掠夺，是为了脱离平淡或贫乏的生活。蒙古西征、十字军东征，虽然说都有些政治、军事或宗教的野心，却也为了他乡异国稀有资源的取得，乳香、没药及各种香辛料，就让骆驼商旅信心勃勃地穿越死亡沙漠，光是茶叶和丝绸与精制陶器，就能在背后鼓舞着帝国殖民主义。

这些人类"不一定需要就能活着"的奢侈品，往往躲在很多冠冕堂皇的旗帜下，进行着一场又一场杀戮的悲剧。

再讲讲咖啡中的温馨小历史。荷兰人比法国人更早开始种植咖啡，三百年前，荷兰人把一株咖啡树苗献给法国政府。一位海军舰长加布利耶为了将这株珍贵的小植物从法国平安运至加勒比海的马提尼克岛，这男人舍不得多喝水，细心地将船上配给的少量清水分给小树苗，使它平安度过海上漫长的旅程，成为法国人的咖啡树始祖。

十八世纪，咖啡对于非种植地而言，仍是一种极珍贵的商品。而人类基本上是热爱闭关自守的，充满疆界概念的：只有我有才珍贵，最好关门享受，不让你们那么轻易到手。

在南美的圭亚那开始种植咖啡的法国殖民地长官，把咖啡视为国宝，派重兵看守咖啡园，生怕任何一颗活着的豆子让外国人弄走了。

但是只要是禁忌，就会有人想突破。接下来你要听到的是一个"疑似"结合爱情与商战的故事。一七二七年，有一位英俊又聪明（或奸诈）的葡萄牙人弗朗西斯科来到了南美的法属圭亚那当仲裁官，他的目的其实是想趁机偷走一些咖啡种子。美男子总知道自己的魅力可以换得什么。他特意邂逅了圭亚那殖民地长官的妻子，在你侬我侬时向夫人透露了他的心愿。在他启程返家当天，长官夫人送给他一大束鲜花,花朵中夹杂了鲜艳新鲜的咖啡果实。他将这些果实栽种在巴西的帕拉伊巴高原,成为日后巴西千百万咖啡树的始祖。

我曾经写过一篇文章,爱情如咖啡。当时我不真懂咖啡,只是因为工作繁忙,对咖啡因十分依赖。

咖啡如情人。

情人的品种与环境是重要的。如果他或她的家庭环境还不错,父母有教养,他/她也还很有家教,跟他/她谈恋爱,就算没有结果,也不会是个惨痛回忆。品种太糟、环境太恶劣(比如暴力狂、情绪起伏失控、酗酒嗑药狂赌、一家子都口出恶言)的情人,任你是千手观音,你也无法将它煮成好咖啡。

咖啡如爱情。爱情在正好新鲜时,都不容易出问题,凡事包容、忍耐、盼望,你想要求对方什么,在刚刚谈恋爱时,总是比较容易。然而,它的芬芳是会逐日消淡的。

咖啡来自核果,不管你用何种方法,都不会永久保鲜。

烘焙爱情的技术最难学。太生,爱情没有香味。太熟,又满是苦味。

煮咖啡是技术。个人口味不同,有人喜欢苦一点,有人喜欢淡一些。有人要加大量牛奶，有人不加糖，谁也勉强不了谁。

又，谈恋爱如喝咖啡，磨豆子时最香——爱在暧昧不明时最梦幻；煮咖啡时最能勾起欲望，如同热恋时总是充满想象，而第一口最令人满足——此后边际效益渐失，留在杯底的那一口冷咖啡最苍凉……

一杯咖啡，可以让我在焦躁中静心

我后来发现冷去的那一口也可以不苍凉，依然美味，那是选豆与烘焙的问题。

三十岁之后我体会到一件事，那就是，如果你真的想要轻松自由点的人生，那么你就不要把自己往单一区块定位，否则必然执着地钻牛角尖，争排名爱比较，然后只能自己亲手把自己送进一个死胡同里。所以，我决定每年学一个新把戏。

不是每个新把戏，我都真的有兴趣，但是，不试试看怎么知道？况且，所谓的兴趣，除了谁都猜不准到底占多少比例天赋之外，如果没有花时间让自己从熟练中取得成就感，不可能判断自己到底有没有兴趣？去考个证照表示对得起学费，也是个还不错的学习评量结果。

我是个还蛮喜欢考试的人，不然何以证明学得不错？这种偏好，的确有些变态，应该跟我不得不是个升学主义产物有关。

反正没考上也不会怎么呀。那些怕考试的人通常怕考差，没有面子，其实你只要克服这一点，考试还蛮可爱的。小时候考试都有众目睽睽在看着你的名次，长大之后，你去偷偷考什么试，没考上默默不说就可以了。

我对饮料天生挑剔。我不喝任何化学饮料，总能喝出里面的"化工味"（原谅我这么说）。对我来说，那些人工果汁和跑马拉松时"不得不"补充一点的化学饮料差不多。

那些不需要咀嚼的汁液，对我的味觉有一种赤裸裸的挑战感。但是在当主持人时或者年轻时为了应付稿债，一天常常要录像超过十个小时，为了提神，我的确喝过不少便利店就可以买到的咖啡，一边觉得实在难以入口，但是又"不得不"。

我说了好多个"不得不"了吧，**想想人生之所以必须有些提升，就是想要减少一些"不得不……"**。老是说"不得不"的人生，好像动不动在对自己哈腰道歉似的，感觉不好。

在念完第一个EMBA之后，有好长一段时间，我沉溺于各种关于饮料的考试。考完英国的WSET各种品酒执照后，我又打算考英国的吧台咖啡师执照（英国真是一个把各种闲暇事情发展成考试生意模式的杰出国家）。

通过笔试对我来说不是难过的关，书念完就会填。

但是，十六分钟之内，要做出七种饮料：包括奶昔、手冲咖啡、可可亚、红茶、拉花拿铁、卡布奇诺、意式咖啡等，对我这种手脑不协调的人来说，并非易事。我曾经为了要弄一杯有爱心的拿铁，浪费掉一百杯咖啡才成功，考试那天运气不差，神来一倒竟然还算完美，不然……

真正接触专业的咖啡业者后，我发现了：为何咖啡是广告业最喜欢的商品？因为味觉很难具体评级。在东方新兴市场，咖啡是新来的饮料，广告词写得美，画面拍得浪漫，意境弄得优雅，也许那个罐装咖啡并不来自巴黎，内容物也可能只有咖啡萃取物（就是化学香料），也能畅销百万瓶。至于坊间咖啡店，一杯咖啡卖得比一只北京烤鸭贵，号称猫鼬排泄物咖啡的，卖的也是天花乱坠的动人故事，仿若国王的新衣，让听觉与视觉欺骗了我们的味觉，只因为我们对咖啡的品位还在盘古开天似的混沌之中。

什么才是好咖啡？好豆子本来就要好价钱，但是价钱也不可靠，品尝咖啡是一种静心活动，你要相信你的舌和心，会让你皱眉，或一杯就让你难受心悸，或冷去后就难以下口的，不是好咖啡。高山上的阿拉比卡豆当然是好的，但市面上鱼目混珠者更多。冠个名山，虚有其表者处处都是。

后来我又进修了咖啡烘焙课程，使我成为咖啡烘焙者。我其实很喜欢制造业，制造一点什么，不要逗留在"百无一用是书生"的虚无中。

法国有句名言说，我不在咖啡馆，就在去咖啡馆的路上。

当我开始为自己烘焙咖啡之后，我不在咖啡馆，也不在去咖啡馆的路上了。我用工作室的直火或半直火机器烘焙咖啡，试豆子。喝咖啡对我来说不是找人闲聊的借口，它简单地蜕化成了一个身心安顿的好方式。

我不喜欢深焙，再好的豆子若变成"炭烧"，自我风味就失去了。

手冲咖啡中热门的耶加雪菲有好些种，我喜欢那淡淡的果酸，就算只有片刻，那喝咖啡时暂时喘口气或闭目品尝的瞬间也能平抚许多忧烦；而总是拿冠军的艺伎豆，口感层次丰富，香气在唇齿不散，烘焙时必须细心照顾，专心不二。

烘焙咖啡和喝咖啡对我不只是饮料，是人生中美好的休憩时间，不管多短，都可以让心静下来。

静下来。

它带来的不是咖啡因的兴奋感，而是轻声的提醒：不管世事如何纷扰，且让专注力回到自身生活上，**毕竟**，这世上只有你，能够让自己活得心里清明舒适。不管我在做什么，就让我用一杯咖啡，换一刻灵魂自由。这很划算。

咖啡不苦，如果你投入咖啡；生活不苦，如果你投入生活。

卷四 中年后的你是否还拥有一张快乐的脸

对过去的恐惧,迟钝点好;

对未来的改变,敏感点好。

一个中年人,如果他看起来还快乐,那是因为他的眼中还有光,还在追求着什么。

神采奕奕,因为心里还燃着希望。

即使那个希望,只是小小的火花与烛光。

不该忧烦的，你拼命计较；该在意的，你竟不珍惜？

中年后的你是否还拥有一张快乐的脸？

这几年，开了好些场同学会。

过了爱情困扰期、育儿劳顿期和生活挣扎期后，人似乎更能明白"曾经相逢就是缘"这个道理。同学少年都不差，都是本地明星学校的佼佼者，也都曾经是各自父母光耀门楣的希望；到了中年，有的事业有成仍在奋斗路上，有的安居乐业也面临退休，各自走过了浮生千山路……

在我看来，中年人的脸，可分：快乐的脸，不快乐的脸。一半一半。

快不快乐藏不了，可以被人直觉敏锐地嗅出来。人的心境，像是隐藏在脸庞上的某种符号，不管他想要隐藏遮掩些什么，都藏不住。不快乐，连笑都苦。

拥有快乐的脸的，未必是际遇好的。

拥有不快乐的脸的，未必是最操劳的，也不是经济状况最差的。

有虔诚宗教信仰的，有丰足退休俸禄的，有安稳家庭、妻贤子孝、儿女上顶尖名校的……未必有快乐的脸。相反地，有的人还常常一嘴国仇家恨、动不动埋怨，又看谁谁谁不顺眼。

如果你活着的目的是在找敌人而不是在找朋友，那么，你怎么可能发自内心快乐？我曾在同学群组里看到信仰某宗教或政党相当虔诚的同学，动不动就把别人不一样的信仰当成假想敌，挑衅一番，大家虽然没有表面上反抗，但只要他一发声，众人皆寂然。

很多人误以为"只要下半辈子有保障，就会快乐"，然而那些领着铁饭碗薪水，退休仿佛受到公家保障的人，不少人还真的很会为小事小利忧愁。

两种人有着快乐脸的人

在我看来，有快乐脸的人，只有两种：第一种，还在持续运动以保身心健康；第二种，还在学习的路上。

一个身体还能自由活动的人，心情才可能舒爽。自律性地保持运动习惯，表示身体没什么太大毛病，他还注重着自己的体态，希望活出一种姿态。

而一个还在学习的人，至少还企图让自己活得很有趣，感觉世界上还有很多新鲜事可以探寻，还谦卑知道自己不足，还想再过得更充实。过了中年，几乎不必再为"谋生"学习技能，只要为"开心"学习某种艺术、技术或专长，也许他只是没有目的地东学西学，但讲起他想学的或新学的，总是喜上眉梢。

中年后还能快乐活着的答案，其实很简单。

一个中年人，如果他看起来还快乐，那是因为他的眼中还有光，还在追求着什么。神采奕奕，因为心里还燃着希望。即使那个希望，只是小小的火花与烛光。

是希望，不是盼望。

所谓盼望，是索求别人给他什么，命运回报他什么，期待能获得所谓公平与正义或圆满……把满足寄托在自己其实不能主宰的事情上。

如果中年后你还想有张快乐的脸，那么，请你把目光从外在移入内心。

我们先来悲观地计算一下。你到底还有多少时日？

我们用七十五岁减去自己的年龄，再乘以三分之二，那是你可以清醒及可以自由活动的时间。

为什么是七十五？我们平均年龄不是都到快八十了吗？别计较这些，因为以台湾地区的老人为例，躺在床上到离开人世，平均竟然有七年。

那不能自主的七八年，如果我们脑袋还算清楚的话，受的苦应该足以把人生拥有的快乐击沉。真是不敢设想。然而，那却是铁铮铮的"平均"事实。

我祖母高寿，九十八岁走的，但她从八十五岁躺在床上之后，过的是日日呻吟的生活，健康检查一切没问题，但是神志渐失，人越来越佝偻，到最后连自己哪里痛都说不出来，想来实在让人痛心。

照上面那个算式，我清醒的时间应该不超过十三年。你算一下吧，铁定像个自以为富有的皇帝，一查账才发现国库空虚。我们的时光早已被偷偷蚀去。

更惨的是，你还可以计算一下，和你最爱的家人或儿女，你还能相聚多久。以五十岁为例。现代人都忙，如果你每天能够和家人相聚（眼对眼，而不是各自对手机）一小时，那么你就把七十五岁减去你的年龄，再乘以三分之二，再乘以三百六十五天，乘以一小时，除以二十四（一天），答案是不到三百天！而且这三百天，还算得太多了，是"全部家人"的总和……

$$(75-50) \times \frac{2}{3} \times 365 \times 1 \div 24 = 253.47$$

事实上，大部分的人，尤其是忙碌的父亲，每天平均和孩子相聚恐怕只有十五分钟，只看到孩子的后脑勺。

那么，你只能乘以零点二五。

乘出来,多么可怕的数字,我们跟历史上已经离开的古人一样,总自以为还有许多日子。

事实上,你和孩子相聚的时间还没那么多,因为他们越长越大,结婚成家之后,很可能过年过节才看见他们一次,而且来去匆匆。

呵,时间那么少,你还挑剔他们什么?还不好好让他们对你有好印象?你嘴里叨叨念着"我这是为你好",关心着未来,却忽略了现在。

和所爱的人相聚的时光,何其短,何其宝贵!怎能不且行且珍惜?

不该急的,你急了;该急的,你却不急!

我们常常不假思索地"画错重点",又一意沉迷。

谈谈女人吧。女人,当你"不太年轻"后,你该急什么?

我发现,社会比较原始的时候,对女人"年轻"的定义严格得多。

民国初期,到二十岁没嫁出去,肯定是个老小姐。才女兼美女林徽因在二十四岁嫁给梁思成时,在此时算是"还早",但在当时已属大龄晚婚女性。

越文明,越晚婚嫁,成为世界共同倾向。对人口红利来说不是好事，但对于女人来说，不是坏事，一来，它让"闹钟"晚点响起，让女人不用太急着应付生殖期种种责任。二来，女人在所谓年华老去后，还有青春之外的价值。

当然，"不太年轻"的压力不少。我在上海读EMBA时，发现这些优秀男人娶的都是大学时代的女朋友！也就是说，在中国，女性如果没有在大学时期赶快抓紧优秀男人，一出社会常会面临"亲爱的，别人的"窘境。他，不是已经结婚，就是已经有了不可背叛的稳固女友！

当然，中年后重组家庭也是有可爱的。时代一直在变，我们谁能不变？有时候，第一个选择未必最好。用旁观者的角度来看，那些被重组的家庭，其实都有它不得不变的原因。无心也无意，留着也无益。

女性在面对青春逐渐消失时，的确有惶恐。但是惶恐归惶恐，怕死了也没用。

除了自我提高对年龄压力的忍耐度，消除自己的焦虑感之外，并没有别的方法。

外表上，你可以尽量保持年轻，事实上，四五岁大的小孩一看到你，就可以分辨你是"姐姐"还是"阿姨"还是"奶奶"，我们也不必自己一直骗自己。我们可以维持"适当好看"，但很难在不太年轻之后还伪装自己如新摘草莓那样鲜艳欲滴。

当个女人，其实不必怕自己老了，因为老是一定会老的，应该要怕的是自己活得"皮"了，或"疲了"。皮到只想窝在小世界，疲到完全不打理自己，把吃喝拉撒睡就当成人生的第一志愿。

没有活力的男人和女人都非常可怕，旁边的人都有阳气被吸光的感觉。如果你都不认为自己活得很有意思，那为什么别人要一辈子来爱你？

那么，"不太年轻"的女性，应该要为自己做些什么，以确保自己还在"活力"状态？

一、除了找到对象外，你的人生一定要有自己的TA（目标）！

你是否有梦想未完成？特别是那些一旦你现在不去尝试，到老了你就会更没勇气去做的事？别再找理由了，就很多技能与专长而言，你在三十岁前没有变成专业人士，日后你再厉害也只能混个"业余"。

在我看来，不少女人在进入家庭生儿育女之后，若还能开拓新天地，通常有几个因素：一是，双方家庭经济状况佳，她又有本领可当家庭掌舵手；二是她自己企图心和成功欲望也强，本身也有专长；三是家门不幸，没遇着好对象，或被拖欠了一身债，为了养孩子和活下去只好出来打拼，破釜沉舟，才发现靠自己最稳当。

二、你要发现一种兴趣和专长，让你感觉到喜乐，是谓"心流"（心理学家所说的Flow）。

你可否找到一种只要你想做它，就算没有报酬你也能乐在其中，为之废寝忘餐的东西？如果有，你的人生路再难也会找到光。就算没有别人给你幸福，你也会自己找到你的幸福。

女人要的幸福绝对不是只能狭窄限制在爱情上或安稳婚姻上。

一世安稳守护，是女人年轻时的渴望。但状况会变，人会变，有时再不得已，只是我们既傻气又可爱，以为在海誓山盟时可以用一个誓约捆绑所有可能。

执子之手、相看两不厌当然有，但之中有多少风波，又岂须说给外人知？

三、你要懂得什么是假的敌人和真的朋友。前者你不如对他宽容，后者必定要对他真诚。至于假的朋友与真的敌人，不必争战，越远越好。

四、你要有理财的本事，有开源的能力。相信此时你已忘却"上古时代"要靠男人打猎回来才有肉吃的事儿，你也该明白年纪越大越不可能有白马王子来为你斩断荆棘，把你吻醒，"天生注定会有人来爱你"的欲望可以看看电影满足一下，不要在现实中天荒地老地等待。

有个统计数字很值得参考：以日本高龄女性为例，不管她们婚姻状况是否存续，只要她们有资产，就会自觉活得幸福（《在下流时代，也要做幸福老人》，山浦展著）。

五、在这个男人多数不打算养女人，或就算有心养也未必养得好的时代，你一定要有养活自己的技能，这个技能还不能被AI取代。你要懂得好好贮藏采集来的果实（这叫作理财），如果可以，请进一步要用这些成果来创业或创造一个一直有饭吃的未来。这个时代，男人已疲于奔命，你不能像上一代女人一样，信仰一个男人可以终生供给你衣食无缺！她们这么信仰着，但过得好的有几人呢？而且你，没有她们那么容易满足！

你最爱聊的往往是跟你无关的事情吗？

我有个奇妙的发现：**那些一直以没时间推托很多有趣或有意思的事情的人，通常是活得最没有成就感的人！**

女人的人生，往往花在根本与自己无关的事上。比如，一群女人的下午茶，讲了几个小时，聊的都是目前正流行的八卦。

"那个某某某的事件，你有什么看法？"

在一个画展中为好友站台，忽然，一位曾经见过面的记者劈头就问我。

那个某某某，是社会新闻中被热炒了几天的一位女性，本来并不是什么知名人物，在某个绯闻事件中受到注目。当然，这个某某某和我站台的这个画展一点关系也没有。

来者是娱乐圈记者，她非常习惯问一些牛头不对马嘴的事情，老实说我还真怕看到她。怕的程度像侏罗纪公园游客看到暴龙一样。离开影剧圈，我最庆幸的事情之一，是可以不用忽然看到她，然后为了假装自己情商高，还要刻意堆出一脸假笑。

最佳决策，是装作不知道。"我不知道这件事。"我说。

我真服了这位记者，后来她居然还可以用"吴淡如竟然不知道这号人物"来做标题，我哑然失笑：看起来好像我不认识这位，就很肤浅，不配活在现代信息社会似的。

我其实我好想反问她："请问人为什么一定要关心和评论自己无关的事件？"只因为这个人物占了几天的版面？而她根本和社会利益和大我前途没有关系。

在A的场子里谈BCD风马牛不相及的问题，在媒体圈已变成理所当然。而媒体圈偏又领导着信息圈，连法官与政府单位都还常靠媒体"办案"……而媒体只在乎能否哗众取宠，根本不在乎是否有主题，或对大家有没有意义！

我看见了所谓的"新信息焦虑症"：太热衷于吸收信息，太常看互联网通信工具（如微信、微博等）的人，总会变成人云亦云，然后，离平静越来越远。

多亏通信软件发达，我们和老朋友们，不必一直处在"十年生死两茫茫"的模糊状态。然而，也正因为你随时会"被联络到"，就算你一直很孤独，各种消息也一定在你耳旁喧嚣。然后，无意识地被"其实并不关我们的事"搞得情绪愤怒，鸡犬不宁。

后来也有一位向来爱家顾家的女性艺人婚姻出了问题，脸书的女性友人们有许多都发表了"我气炸了"的愤怒言论。反倒是后来当事人睿智又平静地出来说话，说自己会坚强而理性，她明白，如果想要把负面事件的副作用在人生中降到最低，就不能随媒体起舞，不能动不动就出来拉仇恨，宣泄愤怒或攻击……果然，离婚后她反而过得更好。

现代女性常常把时间花在谈论"跟自己无关的事情"，或者在烦恼"其实你烦死了也没有用的事情"上。

那就是在咀嚼信息的糟粕，而忘了把最重要的时间和美妙的心情拿来酿智慧的酒。

带着传统的脑袋而活在信息时代的女人，什么都关心，就是常忘了关心自己，任由带着情绪的是非把自己弄得像怒涛里的一叶浮舟。

人生真的很有限，如果把这些完全无关的事情，都当成自己的事情，那么谁真的会做好时间管理呢？

千万别任由美好人生，硬生生被各种信息垃圾塞满。先想想，关不关你的事？再决定要不要为此而情绪起伏！

如果你好好运用时间，你会发现人生非常美好。把时间用错地方的人，会一步一步踏向没有光的所在。

好朋友使你眼界开阔，
坏朋友让你仇人变多

我喜欢孤独，也热爱朋友。这两者，并不冲突。

像我这种从农村到城市来的，学业事业全不靠家庭协助安排，这一路上，能够走到这里，靠的绝对是朋友。朋友帮我很多，所以我也帮朋友。

帮朋友的时候，我有个原则，就是虽不为之赴汤蹈火（很多路他该努力自己走），但是必不计私利。

我走戈壁的时候，听一位"坚忍卓绝"的队友说，他正在创业。我随口问了他到底在创什么业。他说，是物流。这个行业，靠的是规模经济，一听就很辛苦。每个人之所以会创业，常跟他本来从事的行业有关，他本来就是某外商物流业的总经理。

于是，我在我与企业家朋友们相关的群组帮他宣传，后来的确让他有了一些合作的工厂。当然，他自己的努力也强过我的引荐。

刚开始，他发现我在帮他时，他私信我说："你这么帮我，我要如何酬谢你？"

我回答:"不用。因为你是有为青年。我帮你对我而言,只是举手之劳。我的朋友们愿意把物流生意交给你。其一,他们信任我;其二,他们也信任了你。这是缺一不可的。"

我一直认为"互相帮忙"是人类社会进步的原动力。事实上,如果你愿意帮忙别人,那么,人们也愿意帮你忙。

这是善性循环,付出永远是相对的,只是有时间差。也许你会说,但是总有些人只片面地要求帮忙,全世界以他为中心,从不感谢,也吝于对他人伸出援手。

那么,他不能一直图利于别人的帮忙。

你所做的事情,永远像支回力镖,射出去,会弹回到自己身上。早晚而已。

帮朋友忙,是应当的,他过了河,不用怀念桥,但也不能过河拆桥。

过河拆桥的,在碰到第二条、第三条河的时候,应该看不到桥。

以投资而言,我是个很理性的人。

打比方说,就算是我的亲弟弟或最好朋友,假若他提出一个在我看来稳赔不赚的企划案要我投资,那么,我也不会看人情投资。明明觉得不妥,但又勉强投资,最后的下场，除了损失金钱之外，通常还会损伤感情。事业失败了，而那个人也永远躲着你。

四十岁之后，我极少投资失败，就是因为理性评估。

绝不要因为"不好意思拒绝"而投资

我在台大读EMBA时，投资过两个朋友创业的公司，目前收益已经都入袋了。虽然说也没有赚取什么暴利，但以概率而言，诚属难得。因为商学院同班同学，常有因为投资公司意见相左，发生了种种复杂问题，对簿公堂。

我当时并不那么懂他们的行业，理性判断的功力没有现在深。我当时用的方法是看人。

他们并没有主动要我投资他们，都是我觉得，此人此行在当时看来都行，主动要求投资。

有趣的是，我投资的其中两位，都是苦学出身，从技职学校出来，一路坎坷才念到硕士。而且他们的个性中都有"爱面子"和"很怕让朋友赔钱没面子"的性格。

我自己也有这种性格。

当然，现在所有的行业都面临着很大挑战，大部分行业没几年就会遇到一次平台转移，所以，获利了结也要看时间点，不能贪恋。

我从来没有投资过那些在学业上一帆风顺的人。这些人，创业者少，要创业成功更不容易。因为他们选择多，退路多，不会看脸色，也常常不合时宜，不知民间疾苦。

到上海念EMBA，同学们投来投去，目前为止，我也只投了两个同学的事业。他们同样具有"很怕让朋友赔钱"的性格，当然，这个时候我也比以前更懂得评估行业远景了。我不会因为"不好意思拒绝"而投资，因为我不想到最后钱没有，连朋友都没有。

毫无理性的人情劝说对我而言是没有用的。

举一个例子来说吧。

有一位我真的没有很熟的A君，曾经要我投资三百万元新台币，让他买下一批货到购物台贩卖。那批货，就是新台币三百万元整。

我对他讲的这种"买空卖空"赚一票的案子并没有什么兴趣。

"我认为……当时我们公司请你当代言人，我对老板美言了几句，所以你就看在这个分儿上投资我吧？"

这是来要人情吗？那个商品因我代言，公司赚得比我的代言费多太多了呀。

"可以跟我讲理性法则吗？"不然，只要我代言过的公司的员工出来创业,我都得投资吗?难道你不知道,最傻的投资人常在演艺圈,因为艺人大多是傻乎乎的在投资呀,但是我一点也不喜欢这样。商学院不能白念。我内心苦笑。"那你告诉我,如果我投资三百万,而你也按你的计划获利了结,那么我的获利是多少?"

他应该没有算过,所以沉吟半晌才说:"大概是……新台币四十万元吧?"

"那你呢?"

"我大概也可以获利四十万。"他说。

"时间多久?"

"顶多一年。"他说。

"你的意思是,我要花新台币三百万元,然后一年获利四十万?"我的意思是,我跟你不算熟,我要花赔掉三百万的风险,去赚那四十万?

我是脑壳坏掉了吗?我通过自己的理财运作,获利虽然未必比这个好,但风险一定比这个小啊。

"对。"

我表示,希望他能够找到对他的提案更有兴趣的人。其一,我不了解他;其二,他不了解我。所以他不知道我对这种只是为了赚钱而"干一票"的事情不感兴趣。

如果负担风险的人全是我,而且风险无限大(可能人去楼空),而获利机会比风险小,项目你又不感兴趣,又在一个日落西山的平台,为什么要投资?

我投资的项目,通常都是我自动送上金额去的,就好像我们公司在日本和越南及马来西亚都有合作窗口,都不是他们来找我的,而是我主动寻找的。有时我会通过朋友来寻找,最大的重点,就在于探询那个合作对象口碑如何、可不可靠,口碑要看过去表现。

是否能够获取最大利润,并不是最重要的那个点。一个不可靠的合作对象,会让你悔不当初,通常还会觉得自己很笨,然后恍然大悟:其实,很多端倪在很早的时候就看得出。

无论如何,投资仍然有风险,愿赌就要服输。如果是我心甘情愿投资的对象,他赔光了我也不会怪他。

这才是朋友。

有这样的朋友,谁还需要敌人?

哪些人不能当朋友?

那么,活了这么一把年纪,什么样的人绝对不能交朋友?

有些人,人格教养的确有问题。

这样的人多是心口不一的两面人:与君一席话,会倒三年霉，这种人绝对不能当朋友。

人，其实最好不要当两面人，因为，总有人看不过去，会来警告你：你别跟那个人来往了，他在背后怎样怎样说你……

你应该也碰过这样的状况吧？

你一定很震惊，那个人在你面前，对你很亲切，很热络啊。你一定很受伤，怎么会呢？我哪里得罪他了？我还对他很好呀？

心理学有个概念叫作"社会比较"。有些人"比较"意识很强。他虽然跟你做朋友，但是你若过得比他好，你的快乐或成就的确刺伤他了，不黑你一下，没办法在别人面前显示他和你有多熟。

我看过一个真正的例子。为了不要让大家对号入座，我略改一下无关痛痒之职衔或状况描写。我的朋友Y，是一位很出名的女性。她有一位友人S，从十八岁就认识到现在，号称是她最好的朋友。

她们从妙龄少女开始就是闺蜜。本来Y的光芒绝对不如少女时代长得美的S。两个人一起出去，男生看到的一定是S而不是Y。但是Y非常有才华。女大十八变，变得很有魅力。闯荡多年，职场也有一番名号。S出社会之后，境遇并没有她那么顺遂。

因为工作的缘故，Y还来拜托过我：请你好好照顾S！

我答应了。

但我发现，S从来没有真心希望Y过得好。

Y年纪不小才结婚。S竟然对我说："她的感情从来没有顺利过，这个男的对她而言，已经是天菜[1]了。我鼓励她要好好追求真爱，不要放过这一个呀……"她用的语气非常奇怪。

因为我们之间共同的朋友就是Y，我从未主动征询S，Y最近过得如何（如果想知道，我可以自己去问她呀）。S却常主动跟我说，Y对她倾吐，她的老公其实没有大家想象中好……Y过得有多惨，只是强颜欢笑。S用一种过度激动但又幸灾乐祸的口吻。我跟她说，当事人的私事，留给她自己去处理吧。

但S总是不由自主地把Y的秘密说了又说。

过几年，Y的婚姻出了很大问题，她的离婚新闻出现

---

[1] 天菜：网络流行语，指比喜欢的类型还更极品的类型，喜欢到非你莫属的境界或级别。

的前一天,我在工作上又遇到S。

"你知道Y要离婚了吗?我太高兴了。"

好朋友离婚,你太高兴个什么呀?

她连珠炮般地说出她的看法:"那个男的对她非常小气,就是想要利用她而已!我几年前有一阵子缺一笔钱,跟Y调一百万元新台币,她借给我了,我觉得以她现在生意做得那么好,一百万应该没什么困难才对!前不久我跟她说,我应该可以还她了,她竟然跟我说,太好了,因为她管账的老公一直在问,我什么时候会还?以前,她已经挡很久了……她老公根本就是在图她的钱,连一百万都要管。这种男人真烂,她离婚,我太高兴了……"

我毛骨悚然。

说实在的,以S那种性格,我绝对不会跟她讲任何掏心掏肺的话。有些女人非常喜欢用交换秘密来证明闺蜜交情。在我看来这也是长不大的一种象征——她似乎永远留在高中时期,荷尔蒙过剩,所关心仍然只有男人、身材、发型等各种生物性本能。

"喂,你怎么都不说你老公……他是个什么样的人?"

呵呵。只要听你在讲Y家的事情,我吓都吓死了,谁敢跟你交浅言深，我没那么笨呀。还有你真的不要忘了，是Y要我照顾你的，这种背地里说人的行为，让人心寒。我只是不想破坏Y对你的信任，才不想跟她说。

不过，S没有放过我，她竟然在上某个节目的录像空当时，大大谈论我的婚姻状况，说我讲到老公时避而不谈，是有原因的，她说她从来没有看过我老公来接我，感情一定有问题。

我碰到她时都是早上，我老公是上班族，又不是无业游民，更不是我的司机，为什么要随侍在侧？

讲这些，她的目的应该是要告诉别人，我们很熟吧，所以她知道一些别人不知道的内情。很不巧，她在大发议论时，并没有看清楚状况，那天的主持人还真是我的好朋友，而那个节目的制作人还曾经是我的经纪人。两个人都在当天来问我，那个S跟你很熟吗？

我想，我又被她当作"社会比较"的对象了。

我拒绝了替Y继续照顾S这件事。没再见到S，我松了口气。

无论如何，Y现在过得不错，至于S是不是还是她的闺蜜，也不是我的事，我无须去揭人之短。

只能说，有这种朋友，真的不需要敌人啊。

我很庆幸我没有这种闺蜜。

真正的好朋友，对我来说，就是：并不需要交换什么秘密，但你知道，无论如何，他真心希望你过得好。他不用帮忙，但心存良善。

有事，尽己所长；没事，也可以相忘于江湖。

一开始对你太热情的，翻脸也翻得最快

小心一开始就对你十分热情，一谈就合拍的那种人！

我曾在广播中念了一篇日本心理学博士夏本博明的文章，引起很大回响。足以见得有多少人为人际关系生变而痛苦。

他写道："小心那些一开始就对你赞誉有加，不知道为什么就特别中意你的人。如果他是'温温的'喜欢你，你不会有太大问题；如果是大大在表面恭维你，表现得热情无比，那么不久之后，你可能会发现，黑你最凶的也是他。"

这样的人我当然碰过。

他喜欢你的时候，好像戴上了一副无瑕疵的完美镜面墨镜，把你捧上了天。但是如果有某些因素引发他们的

攻击性，他们也会把你的一个小动作或一句话解释成恶意十足，动不动就觉得自己遭人背叛，大骂："我没想到你是这种人……"马上把你从一百分变成负分。

这些人本身情绪化，不稳定，看任何事情都太主观，所以他会在一开始把你理想化、偶像化，然后又在一瞬间把你妖魔化，开始抹黑你。

太主观的人做什么事都是一百八十度反转的。

通常，这种人也不难辨别，他必然也在跟你还不错的时候，攻击起某些他曾经认识的朋友，说："我没有想到他是这种人！"

依照我的经验，这样的人的特征，就是：

一、认识就对你非常热情，完全美化你，希望你和他推心置腹。

二、他因为评价两极化，没有什么老朋友，因为老朋友都被他发现"原来不是他想象中的好人"。

三、常在背地里说起某人的闲话坏话，企图和你拥有共同敌人，或积极要你同意他对某人的看法。

很多明星或偶像对于粉丝团里的类似留言应该不陌生："我本来很喜欢你，可是你竟然……我太失望了！"我们一般人，也常常被这类似的话所伤害。好像我们做了什么天地不容的事。这样的人会把自己的不高兴转成群众的唾弃。在互联网通信工具（如脸书、微信等）里还有几个分身，留了黑你的话之后，还勤快地用另外一个名字点赞。

夏本举了一个例子：曾有一位日本女明星，因为一次发言错误，每天被几百则留言攻击得快要抓狂，引起了媒体关注来报道"后续状况"。后来，她的真实粉丝发动调查：事实上攻击她的只有六个人。

那六个人原来大多是她的粉丝。他们因为一点小事就觉得自己被"背叛"了，于是反过来疯狂地咬她。真是"爱之欲其生，恶之欲其死"。

我们这儿的状况也差不多。所谓网军，如果认真查起来，类似的发言常由同一个团体有系统地发出，区区几人就可能影响媒体，带来一场龙卷风似的舆论革命。

人际关系的损伤，常会让人暂时觉得忧伤。其实，你可以不要黯然神伤。他不爱你，就希望全世界不爱你，不是你的问题，而是他自己有问题。

人生有限，不是所有的人，都必须喜欢你，或够格当你的朋友。你放心，什么样人格的人，都能找到和他一样的朋友。

任何感情都一样，也许当时曾经合拍过、信任过、起誓过，但就算是"穿同一条裤子长大"，都有必须走自己路的时候。每个人都在变化和成长，也许我们会发现彼此价值观、人生观其实有重大歧异，那么，不如彼此尊重，心存祝福。

道不同，不相为谋，但对于曾经相伴一段，都须感恩。

所谓小人，就是你与我道不同，或你比我发展得好，我就诅咒你，黑你；所谓君子，就是即使绝交，也愿你一生平顺。

我现在的朋友们，都是一起学习过的朋友，有的是考某些执照或进行某些活动，比如烘咖啡、考品酒师、跑马拉松、潜水……认识的，更多是在两个EMBA中认识的同学。

也就是说，我们都曾经有一个共同目标，对某个学问有过共同研究的热忱。

朋友的确帮我许多，在精神上。我记得我有一次因为一件生意上沟通之事很生气，因为对方要求的是比合约上更多的利润。

我生气的是："我帮你时，我都不计较利益；你帮我时，我已经给了你条约上很完整的利益，一点折扣也没打，没想到，生意做成，你还想跟我要更多！"

我本来打算不跟此人合作，但找到更合适的合作者还需要一段时间。

刚好碰到一位在生意场上打滚了三十多年的同学。他听了，淡淡地对我笑着说："其实，这个人在生意场上还是个君子……没什么，说清楚就好了。不要放心上。"

"君子？"

"会明着跟你要的，还是君子，呵呵，我最怕那些不说的。"

我当下顿悟，谢谢他的教诲。

他的生意伙伴从利比亚到俄罗斯到阿根廷都有，这么多年来纵横世界各地，什么样的人都看过，连要他命的也看过，才能说出这样的话。

好的朋友让你境界提升。无须交换什么私人感情秘密，值得交的朋友都是诚恳，善良，各有所长。

我才不相信那些只一起讲闲话和八卦的人，有什么真正的友谊。君不见，嚼人舌根的最容易窝里反。

学习让你认识真正的朋友，大家必须曾是"同路的"，才能互相理解；所以，身体与灵魂，至少有一个要在路上。前进的路上,学习的路上。

那么,就算你一个人,你喜欢孤独,你也不孤单。因为看不见的地方,你有朋友在。

对过去的恐惧，迟钝点好；
对未来的改变，敏感点好

我坐在越南胡志明饭店的高楼里，写这篇文章。

出差时同时写稿，是我这些年来最享受的事情。

工作和兴趣，对我来说是必须结合的，事实也是相辅相成的。我的海外公司也是一首《流浪者之歌》的副歌。

就拿越南做个小例子好了。

越南经历了金融海啸，房地产泡沫，胡志明市市中心都是烂尾楼。二〇一五年夏天，还是无可挽救，才开放外国人及外国公司对一手房产的购买权。

二〇一六年初，我在这里开始发展我的小小公司。我来得不算很早，但是来的时间很巧。

我喜欢越南，有一些奇妙的理由以及因缘。

二十几岁的时候，我是一个旅游记者。当时正是台湾"钱淹脚目[1]"的极盛期，大家都为跻身亚洲四小龙而

1　钱淹脚目：闽南方言，钱多水多，已淹过脚踝，形容当时经济高速发展。

骄傲的时候。

我几乎是第一个前去越南写系列报道的记者吧。记得当时长发披肩，穿着类似公主装，和拿着枪的越南人民军拍了一张很对比的照片。我巧笑倩兮，他们真枪实弹，但也开心和我合照。

当年，报社并没有人要当旅游记者，我的职位算是大家挑剩的。因为这家现在已经倒掉，但过去曾风光一时的大型报社，很多人都是考进去的，进去只考中文，而当时放洋的海归派很少，有了旅游版的时候，大家都推说英文不好，不愿意做。

我的英文当然比不上ABC或海归派，就是日常沟通和阅读上没有问题，刚从英国和法国游学回来，钱花完了，失业两个月，焦虑得睡都睡不着觉，有个天上掉下来的旅游版主编加记者的工作给我做，真是走运。

不过，大家不想当旅游记者，并不表示大家不想到海外玩。当时给旅游记者的招待，全都商务舱，五星级饭店，还可以去巴黎看时尚秀呢。那些犒赏式的享受行程，长官都拿走了，不会留给二十几岁的菜鸟，剩下的就是相对"危险"或"落后"的地方。

如一九九〇年左右的北大荒，才刚刚允许外国人进入的缅甸，刚开放观光但还要每个观光客一定先拜谒胡志明将军陵的越南，以及被赶走的华人们刚获准回去的老挝，还有地雷尚未完全清除完的柬埔寨，等等。

"谁愿意去采访？"如果我举起手来，没人跟我抢的话，那我心里大概明白，一定是个有危险又没有人要去的地方。

少小离家的我，其实蛮喜欢搭机和到处移动的，一到机场，连心跳都显得很兴奋，不管去哪里。

去陌生地方，我不太会忧虑。

当然也遇过一些危险，被抢，被骗，所幸人身安好。

我只要闭起眼睛，就可以想象北大荒银白色的雪景和我冻硬了的脚趾的感觉，可以感觉到夏日缅甸山区柔软的晚风和紫色的夕阳，仿佛可以听见澳洲原野上袋鼠蹦蹦的小小震动以及猎人的枪声，可以忆起德里马路上和河内街道上永远没有停歇过的脚踏车及汽车喇叭，也可以回到布拉格宫殿里管弦乐团的悠扬演奏厅之中……随手拈来，每个新奇的记忆都有着难以忘却的画面和不同的温度，那是我去过的每一个国家带给我的惊喜。

我从初中时就很喜欢赫尔曼·黑塞（Hermann Hesse）的《流浪者之歌》。我的写作、工作，甚至是创业，都和《流浪者之歌》的情调有一点挂钩。

我从来没有想过移民海外，但是我知道我家可以是世界上每一个地方，也期待着到世界上每一个没去过的地方。没有任何目的性，就算在一个平凡无奇、没有任何观光景点的城市里，我也能找到某种趣味。

就算是逛当地传统市场，假装成本地居民，对我而言也是一个有趣的角色扮演。

比起安全，我更喜欢危险

可能因为历练多了，所以跟一般差不多年龄的人比起来，我不怕。

商学院里的科目，我最喜欢的是宏观经济学。世界性的宏观经济，总是能够吸引我，激发我的想象力。

在异国，我很能调节自己的适应能力。

很能入境随俗。很喜欢不一样的世界、不一样的观念、不一样的生活。

年轻的时候，穷有穷的过法。我可以坐在巴厘岛的榕树下和大家一起吃芭蕉叶包的手抓饭；经济无虞的时候，我就不曾在旅行上节省经费。我的思考方式不太一样，很多人宁愿过得坏一些，住得小一些，把钱花在购物上；我情愿把钱花在"带不回来"的感觉上，搭商务舱，住最好的饭店，我喜欢有客厅的房间（如果他们开出的价格不要让我感觉像抢劫的话);如果,当地可以有选择的话。

说说越南吧。三十年前,我就到过越南采访了。因缘不只如此,我喜欢越南的种种情调,其实和法国文青们的理由相同,我喜欢玛格丽特·杜拉斯(Marguerite Duras)。

不管你看不看得懂杜拉斯,她那喃喃自语的句法,和形容感觉的方式,不管翻成哪种语言,都美妙得无可救药。越南曾是法国的殖民地,而杜拉斯在越南出生,度过她的少女时期。她写了一本半自传式的《情人》,描述她的中国情人和她哀喜杂陈的越南生活以及对原生家庭的爱恨情仇。《情人》电影中那个中国男人由梁家辉扮演,非常具有说服力和魅惑感。

让我来回忆一下杜拉斯的情人……开卷,就把读者引入了与湄公河为伴的奇妙殖民地风情:

我有一副被摧残的面容,
让我再告诉你一次,我那时十五岁半。
在横渡湄公河的渡轮上,那影像一直持续着,
我十五岁半。

这是情人的第一段。全书充满朦朦胧胧、缺乏时空感的呓语，她的回忆如同梦境，在虚实之间飘荡。自我，无惧，勇于剖析心声。

我非常喜欢这本书。某一次清理书架，当我发现我找不到书架上胡品清教授翻译的《情人》时，马上认真地上网搜寻二手书，买到了，把它放回书架上，我才心安。我似乎拿它来"镇"住什么隐形的东西似的。

无关乎情节精彩或紧凑，《情人》是杜拉斯最好读的书之一。我虽然很爱她叙述的语句，不过看完她的每一本书前，也可能睡倒二十次……真的没办法一口气把书读完。

我是一个杜拉斯迷。她的文字是她的灵魂，我的灵魂应该只能站在湄公河两岸遥望，却总是惊叹于她那飘逸的身影。

杜拉斯是这么形容"写作"的：

写作的人，永远应该与周遭的人隔离。这是必要的孤独，作品的孤独……写作是充满我生活唯一的事，它使我的生命喜悦无比。我写作，写作从未离开我。

多么坚定的说法啊。就算这辈子我只是个不成材的作者,我也同样贴切地感觉到孤独如此美味。

勇于冒险,需要孤独

喜欢流浪,喜欢不一样的路,我并不怕孤独。

这些年来把公司的投资搬到各地、各国,比如说当年在大地震中摇摇欲坠的日本,几十年都发展停顿的马六甲,和人均GDP还不足三千美元的越南。我几乎都与大群体逆向而行,走得也比趋势早很多,还好没有变成"前浪死在沙滩上"。这种孤独和写作的孤独一样使我的生命喜悦无比。

我记得有无数的人劝过我,也有人劝我专一,也有朋友用嘲讽的语气说,你就是爱东搞西搞。随便。你对我的看法,并不代表我对自己的看法。如果一个人做什么,都要大家都说"对,这样才对"的话,那么我相信,他的一生一定庸庸碌碌无所为。人类史上"多数决定"的正确道路,都是大家觉得安全的道路,事实上,也都是毫无远见的危险道路,很像是一只小老鼠跳进大大的米缸里,安安心心地吃呀吃的。米缸里的米还没有吃完之前,他都会觉得自己过得安全且舒适,舍不得离开,当米吃完了,他才会发现,他已经身陷在缸里,跳不出去了。

所以,比起安全,我更喜欢危险。

的确,我没办法把自己关在某个职业里。以在电视圈来说吧,虽然我也是有兴趣的,也因"利诱"在这个圈子或类型差不多的节目中待过很久,但同样的人、同样的故事我都听到会背了,还可以讲得比当事人流畅,要我再热爱老调重弹,是不可能的。事实上,现在的观众也用行动证明了,不长进的电视节目,他们不要看。

这个产业急速的被取代中、变化多端的时代,没有任何老兵不死的可能。

勇于冒险,需要孤独。观察世界经济的动向和财富的流向,也需要很理性的孤独。

理财投资,也需要理性的孤独。我常常笑说,当专家的意见都趋于统一时,那一定是最危险的投资。

话说,以我公司的财务运作方式,做的都必须是五年以上的中长期投资,并不能太在乎短期获利。

果然,越南,在中美贸易战爆发时成了受益者。虽然胡志明市满目疮痍,到处施工,城市地铁的完成仍然遥遥无期,但是这个首都人口平均年龄只有二十八岁的年轻国家,每一次相见,每一次让我看到它新的实力。

我这一次到胡志明市出差,是为了签约与局部获利了结。

一到机场,我就遇到诈骗,就在法定的出租车招呼站,一个穿制服长得像女警的人,伸手跟我要了七十万越盾的车费,放进自己口袋里。

越南盾有很多个零,我一时反应不过来。我到了车上才想到这车费应该不超过十二万才对。不过,这时我担心的是搭到黑车,不知道把我载到哪里去。

这不是我遇上的第一次。上一趟到胡志明,我也曾经在越南的槟城市场遇到出租车抢匪,他把车子伪装成合法的车队,然后短短五分钟就要价四千万越盾(大概是一千七百美元左右)。警察对于这些专抢外国游客的家伙,睁只眼闭只眼。不过话说回来,在贫穷线下的每个发展中国家,都经过这样的阶段。在机场穿制服公然勒索,还真让人觉得匪夷所思。

我公司向外延伸的第一个触角是日本。经济萧条二十年的日本,是一个非常安稳又安全的国家。和越南迥然不同。

任何安稳里都有风险。任何风险中都有安全。这是我的认知。没有绝对。

插句话说,如果不是有事,我敬佩新加坡但不爱选择到新加坡旅行,它实在安全得太彻底。很棒,但是我非此族类。**有趣，新奇，对我而言比安全重要。**

处理心情ＳＯＰ

一出机场就跳进了一个乱世里，虽知风险一定要容忍，但碰到了还是会让人不高兴，心情也会一时掉下谷底，只差没有诅天咒地。

我已经建立起某种"处理心情SOP[1]"：

一、在观念上，我知道再怎么不高兴，会低潮，只要你不企图反复挽回它，都会成为过去。

二、我会用别的方法讨自己开心。

我一向对自己好，也不太了解为什么身边的人明明比我有钱却一直要自苦，到底是要把快乐的利润留给谁？我对自己好，因为不管怎样，我所有的谋生方式，靠的都是我的身体和脑子啊，也就是说，我是自己最好的生财工具！

我一定要对生财工具很好。

有时候我真的不太懂那些喜欢拿自苦来炫耀的成功人士。如果你不缺，苦自己是苦给谁看？给网络上那些排富的酸民吗？你就算把家财全部分给他们，他们也还会嫌

1　SOP：标准作业程序。

少,并且说你伪善。你不用炫富,但又何必故意让自己过得穷酸?

如果你奋斗那么久,还对自己很坏,那对想要奋斗翻身的人有任何正面启示作用?

话说被劫财的我终于平安到了旅馆。为了让我的心情变好点,要求柜台将我的房间从约三十平方米换成约七十平方米有客厅的景观房。上电梯时,我的心情马上舒服很多。

喜欢冒险的人是这么想的:都遇到了,花时间惊吓也没用,担心也没用。这种损人利己的无秩序行为事实上是经济上升社会的某种可见现象。你改不了。

"一个人均GDP不到三千美元的国家,你觉得希望何在?"

中美贸易大战未发生前,听说我看好越南,商学院的同学不止一个这样问我。

"你知道全世界人均GDP最高的国家是哪个?"

答不出来了吧。

照数据来说,是列支敦士登、卢森堡和挪威。列支敦士登年人均GDP所得近五万美元,所以你会觉得这三个国家商机无限?

当然不会。

当时，在台湾经济起飞时卖了房子移民海外的，都后悔了。

在大陆经济尚待起飞时为了一张绿卡无论怎样也要留在美国的也后悔了，错过了最好的时机。

这是非常简单的道理。

然后，我泡在巨大的浴缸里看着胡志明市华灯初亮的闪烁夜景，哼着歌，一个人住着漂亮的大房间，宠了自己，我的心情立刻变好。

关于我自己人生的真理，大概可以用三句话形容：

对过去的恐惧，迟钝点好；

对未来的改变，敏感点好；

无论如何，一定要让自己心情很好！

如果没有被那个女警敲诈的话，我可能还没有这么多灵感，写完这篇文章，呵呵。

顺道一提，有关未来，未来三年，变化一直来一直来的速度之快，改变将超过人类近三百年，而人们总是会产生认知心理学所说的"锚定效应"，也就是人们没办法依照全部信息来做决策，往往只根据过去的局部经验认定，因此可能产生许多判断的偏差。

比如，计算机刚发明的时候，IBM创办人托马斯·沃森（Thomas J.Watson）说，人类世界只需要五台计算机就够了。当时,一台计算机主机可能像一间教室那么大。也有一个计算机学者,认为每人一台计算机是天方夜谭,绝无可能,现在呢?

对未来的改变,敏感点好!只要你还想好好活下去。

自己的松果要学会自己理

理财，是我曾经逃避，但一定要学会的东西。

有些人有钱没钱都痛苦，为什么？

我喜欢从案例来分析问题。案例，是在这个世界上活生生发生过的问题。

我曾经看到一个来自加州的新闻：一个加州中年男子，本来以木工为业，车祸断了一条腿后，只能靠每个月两百美元的救济金过活。

有一天，他闲闲无聊看电视，看到了一个拍卖会在拍卖两百年前的印第安织毯。他觉得好面熟：自家柜子里不是有一条吗？祖母过世之后，一直放在那儿。他把旧毛毯拿出来拍卖，竟然拍到了一百五十万美元！原来，它是北美原住民纳瓦霍族的产品，至少有两百年历史！

这是一个咸鱼翻身的故事，很值得高兴，是吗？

并不是。他没有开心很久，他把钱拿来在加州买了两间房子，还有一些看似必要的东西，但一年后钱渐渐花完，房屋的保险金和税金让他吃不消。（呵，这是我从来不考虑在加州置产的原因，我的朋友都已经发现，高昂的中介费、维持费，还有各种税，就算房价涨三成也赚不到什么钱。）他还是找不到工作，残障津贴因为一夕致富后被取消，他正打算搬到赋税较低的爱达荷州，看能不能松口气。

他的人生问题还不仅在钱。有钱后，他并没让自己的孩子"完全如愿"，孩子骂他自私鬼，他的姐姐觉得他拍卖的毛毯也该算自己一份，正在告他！

这个人的人生，其实跟很多人的人生一样，穷时感叹，有钱时也会感叹，问题出在哪里？出在：他根本不会理财！

理财的背后不只是盘算钱的脑袋，而是：你如何看待你的人生，如何对待你的家人，如何处理人际关系。这三者都是要"理"的，用的是同样的逻辑。如果一个"理"错了，通常其他两个也不会对到哪里去。

我的朋友几乎都到了中年，不管有多么优秀的学习经历，甚至从小到大都念第一志愿，到了中年，才发现自己"日后可能没有退休金"或"根本不可能靠退休金存活"的占大多数。

我在影剧圈待了很久，艺人们在单位时间内赚取报酬算是最高的，但是以前的"天王""天后"，到了中晚年后负债比财产多的也占大多数。

可见会不会理财，和智商无关，也和你拿的报酬无关。

别盲目相信别人的"保证"

我们先来聊聊什么叫作理财？理财的最基本原则，应该跟松鼠藏松果很相似。聪明的松鼠，不能藏了松果之后，不知道要把它放在哪里。也就是：在你可以捡到松果的春夏秋天，要能存够松果应付冬天。而且，你存的松果不要让其他坏松鼠或懒松鼠偷走！

如果这些松果好好运用，可以长出松树，或者形成一片松果田，那就更妙了！（各位，松果只是比喻，千万不要像植物学家一样来跟我计较松果是否可以种出松树等问题。）

很多人都以为理财就是"赚钱"，这是不对的，但是大家习以为常。我不是理财专家，但是我很擅长管理自己的"松果"。我常常遇到这样的朋友，坐下来求知若渴地问："你可不可以教我理财？我都不会。"然后马上接着问："请问现在买某股票（黄金）或某国房地产可不可以赚钱？"那个叫作投资，或者叫投机，绝对不叫理财。这种想要靠别人的专业知识，乱枪来打松果的人，是最容易被骗的人。他们也许心里已经想要买某个商品，但追求的是别人的"保证",越多人保证,他就觉得"好稳定,一定行!"很可惜,看人类的投资史,从来就不是"多数人觉得好就是对的"。在二〇〇八年的那场金融风暴——雷曼兄弟倒闭之前,没有任何理性专家说它不好,华人圈很常见的"高利贷老鼠会",每个"教主"都告诉你能保证你获益,保证你跟着他高枕无忧,保证你错过他可惜!然后呢?

在升学上,就算你去念"保证你考上某某学校的补习班",造化也都还要看个人。为什么你会相信,你把钱放进别人口袋里,完全听别人指挥,你就会致富?在我看来,因为这种"需要保证"的心理被骗的人,不是贪,而是懒。或者,两者兼具。

我不知道你为什么要那么在乎别人的"保证"!如果他真的能够赚那么多钱,他为什么要来帮你赚,连你那点小钱也想要纳入袋中?你想过吗?

如果你有这个概念,就不会被坊间很多自称理财专家的人骗!那些理财专家,自己没有什么恒财,也可能欠一屁股债,他教你理财,是为了推销他可以赚钱的产品——最危险的就是那些"以小搏大"的,或号称"稳定高报酬"的。很多名词,像"保本啦""避险啦"之类,不要太相信。德国股神安德烈·柯斯托兰尼(Andre

Kostolany)很早就说那是骗局了,果然到了二〇〇八年之后,多少人的终生积蓄都被骗在这里。可怜的债券投资人赚取每年低于通膨的利息,还赔掉本金!多么大、多么悠久的公司都会倒掉,而且以后也可能会继续倒,就是金融风暴给我们的血淋淋的教训!

有些股市专家自己在股市里面每战皆墨不敢讲,因为他必须邀请你参加他的股友社!他唯一会的理财技能,就是画了个大饼,伪装自己可以让你赚钱!另一种心理就是"赚一票",也就是"一步登天""一下子致富"。这种松鼠没有想到要有恒久财,希望拿一个松果去赌博,赚十个或一百个回来;他从来没有想过,一百个也会吃完,该怎么办?本文一开始那个卖掉毛毯的就是。其实他的人生问题不只出在理财上,他的人生看来不太平顺,开车开到撞腿,姐姐与孩子跟他反目成仇,这些成因全部加总起来,跟他不会处理人际关系、情商不够高一定有关系!他不会理财,也不会理人生,所以不管财神爷怎么爱他,他连拿到的红包都会变成钉子!

自己累积松果的处理技巧

好吧,我们来谈处理松果的问题。

处理松果和对待其他松鼠,都需要理性。

什么样的理性？一是知识，二是分寸，如此你就不会人云亦云。跟大多数人动作一致，损失率最高。

如果你要理财，我建议你不要想把担子丢给专家，你可以每天看一篇文章，累积一下处理松果的技巧吗？多年前，文青的我是这样开始的，你可以在网络上找到《华尔街日报》或《彭博商业周刊》的中文网站或巨亨网，你每天会收到很多对于某国经济或股市和房市的看法（而且总是可以找到对立的意见）。如果你收到的是"房子一定会涨"，我建议你也搜一下"房子一定会跌"，然后问自己，客观来看你相信谁？根据历史数据我发现，果然柯斯托兰尼的简单法则都是对的：大家都说没问题时，一定有问题；有人说有问题时，比较没问题。任何金融行情总在万众齐呼的乐观中迅速破灭。举例来说，如果连你家楼下那位你一向不认为有知识的人都投资比特币赚到钱了，那么，我真的祈祷你没有跟着他的脚步（不好意思，比特币只是举例）。一个充满了傻子与疯子的市场，很刺激，但是应该没办法保证你的松果的安全。

这个叫作"擦鞋童理论"，意思是，如果连擦鞋子的家伙都说那股票会涨，那你去买，你一定是最后那几只倒霉的老鼠！为什么你要连一个没有专业知识的人的话也要听？

也就是如果那只松鼠无知，为什么你要听他的，跟他一起把松果藏在同一个地方？

分寸很简单。投资和理财都要有分寸！投资，并不保证有知识者获胜，但是理财，理性者可以持盈保泰。不管你投资什么，不要把松果全藏在同一个地方；不要想要乘胜追击；不要因为想要减少损失越摊越平；不要为了藏松果，藏到原来的都消失了，而且还要竟然还赔人家三倍的松果……你可以"借"一些松果来做运用，但是要估量万一都种不出松树来，是否会被吊成松鼠干的问题……

理财包括所有收获松果的行为：摘松果，以及存松果，运用松果。简单原则如下：

一、如果你在的森林，已经没有松果可以摘，那么与其跟别的松鼠一直打架，你不如离开舒适圈寻找别的松林！

二、如果所有的松鼠都说把松果藏在哪里最安全，我劝你不要。

三、松鼠最好从年轻时就不要相信松鼠国王的话：如果你乖乖听我的话，我就保证在你不能工作时给你一天半颗松果之类的。国王很容易不信守承诺，看看希腊老松鼠的下场！国王不是故意骗你，国王自己也不会理松果，他自己也很惨！

四、如果你只是把松果存起来，松果不会变多！而且会渐渐变得不新鲜！你必须让它们有"慢慢按着复利效果"变多的可能。

五、松果绝对不能放在同一个地方！除非你只有那一两颗，那也没办法！

六、不要依赖任何人的保证给你松果而过活。

七、也不要承诺要给谁一辈子松果吃，让人一辈子靠你过活，那么你就是用你的爱来溺死你自己和你爱的松鼠！

八、你要有跳到最高枝上摘取松果的能力，如果只是在地上捡，那么猪也做得到！（如果他想吃松果的话）

理财只是松鼠与松果的爱恨情仇，如果松鼠想要持盈保泰有松果吃，他一定得有本事，不能只想省事，无所事事，也不能意气用事！

理财要细谈，其实是大学问。

有句简单的话基本是对的，有一专家说，只要你赚的，都存一半，二十年之后你一定就会有退休金。

但是存一半的确很苦。如果收入不多的话。

做一只了解复利的松鼠

最重要的，还是松鼠可能要在年轻力壮时就训练自己有别的松鼠所没有的特殊技能。

我之所以能够在中年后感觉不为金钱所困，和年轻时的打拼有关，也和我是一只了解复利作用的松鼠有关。

复利作用，就是巴菲特所说的，财富如雪球，你要找到够长的坡道（早点开始）和够湿的雪。找够湿的雪，就是所谓的价格洼地，其实懒不得的，因为时代瞬息万变，世界上的情势也瞬息万变。谁想到恐怖分子会开飞机来炸双子塔大楼？谁晓得中美会打起贸易战？几十年前，谁也没料到不用现金和塑料卡就可以买东西，微信隔空就可以打赏呢。

多年来，我证明复利是做得到的。事实上，只要遵守某种纪律，投资你相信会有发展的东西（最好是综合性的，不要是单一公司或国家），那么，你想要不累积财富也很难。

我做了一个实验，我的孩子刚出生的第一个月，我就帮她买了基金，原始投资20万元新台币后，每月它存新台币一万元，自动在每月五日扣款。我选了一个和她一样在经济上年轻的区域，然后丢着不管。她满八岁那年，已经有三百万新台币，事实上投入本金不到一百二十万元（包括每年压岁钱）。后来是因为中国大陆股市在几个月实在太热，我才用停利不停扣的原则，把她的钱转到房市

去。（请见下方表一）

表一：我的八年投资实验（单位:新台币）

投资期间	2010年1月至2018年1月
原始投资金额	20万元
每月扣款	1万元（每月5日扣款，共96个月）
投资区域	大中华区（80%）、印度或新兴市场股票基金（20%）
领回金额	301万元
投报率	2.5倍
领回原因	投资上海房市，小熊有1/5股份

（说明：购买渠道是网络上的基金平台，我用的是先锋投资平台，手续费比较省）

现金为王，对我来说从来是不对的。会这么说的人，应该不知道钱是会通胀的，也没有洞察过NPV（净现值或贴现值，不管学不学商，这是很重要的概念），你永远不可能用现在来预估你老后需要多少钱才够。

有规律地分摊进场点，并且采取长期投资投算（钱多的人，包括房地产也可以用复利运作），让自己连睡觉时都有钱进来，才叫财富自由。

举例来说，影剧圈虽然钟点酬劳很高，但仍需用自己最大的机会成本（就是你的命）来换取，并不是真正的财富自由。

什么叫作复利？

这里有个简单的测试，送给那些现金为王者。

你放银行定存只有1%，如果你理财可以有10%，十年后同样一笔钱会差多少？三十年后呢？（请见下方表二）

表二：复利终值表

	1年	5年	10年	15年	20年	25年	30年
1.00%	1.010	1.051	1.105	1.161	1.220	1.282	1.348
10.00%	1.100	1.311	2.594	4.177	6.727	10.835	17.449

一直坚持现金为王者，一定会慢慢地慢慢地变穷，因为你的钱不知不觉间变薄了。

我写这本书，并不是谈理财。

只是看见许多人，人生的机会成本（岁月）都没有了，退休金又面临不断缩水，贡献到老，老了却被视为米虫，不断删除你的所得，情何以堪？

不管你捧的是什么铁饭碗，一定要靠自己。

在我看来，不少从小念第一志愿的精英，在年过半百后，能够微笑说"我退休没问题"的，大概只有百分之十不到。

还有朋友，到了六十岁，问我还来不来得及理财？其实，来不及了。坡道已经不长了，湿湿的雪多半已经融化了。但总比没开始好。

这时，再培养什么技能、视野都没用，创新并不属于中老年人专长，如果你年轻时已不见长。那么，好好锻炼身体，大量去获取"自由财"吧。

别忘了，理财除了理金钱，还理"自由财"。阳光、空气、水……

身心健康，乐以忘忧。这世界上最珍贵的东西，其实都不要钱。但，还需要你的努力！

后记

宁愿向阳光多处走，
记忆躲在时光幽暗处牯岭街

我是一个不怎么喜欢回忆的人。

回忆，都带着某种魔幻的成分，也常常会跟别人的回忆撞击在一起。

那么，问题就来了。

每个人的大脑都是个附有修图功能的App，会把某一部分美化，某一部分强调，某一部分略去，某一部分完全变形。有时故意，有时不由自主。假作真时真亦假，随着岁月，本来就很片面的真实变得虚幻难辨。

当回忆变成文字的时候，通常不会只有自己，会撞击其他人的回忆，就会产生孰真孰假的问题。粉饰回忆，显得我们对自己不够忠诚；而就算你描写的情节你认为千真万确，也会引发那些在你回忆中自动对号入座者的情绪激荡。我，是一个一辈子努力写作的作者，但是，很不幸的，我也是在影剧圈不知不觉露过脸二十年的人，既在幕后,也在幕前。我曾经因为自己写的故事和文章引发过一些远超过想象力的麻烦,明枪暗箭来袭的状况,有时候真的很卡漫,不知怎的,蓦然回首,一箭穿心。通常有人在大街上打你,引来众人围观后,都不会有人关心真实事由,常是看完热闹,嬉笑一番,一哄而散。

随便举个例子吧,写昔日校园生活,写自己怎么样被黑,明明没指名道姓,总会有人认为"你就是在说我",他并不愿面对这个回忆,看见了你这篇文章可能有他,他就发动各种夜袭;大人们总忘了当时曾经怎么对待小孩,人类永远想要听赞美,讨厌有人在他背后私语。我不想说谎,我的选择是不写。

"你这个年纪,可以写回忆录……"这个建议是我最不爱听的,我通常一笑置之,回答:"如果我真的会写回忆录的话,一定是因为我活得够久,那些可能出现在文字里的人,都不会来抗议了,那么,I will do it!"

所以我常笑说,如果老天爷没有意见,我决定要活得像杜拉斯那么长命。她写她的《情人》一书时,书中人已经都没法有意见,包括她的情人、她的兄长、她的母亲。

我实在蛮佩服或羡慕那些可以絮絮叨叨追忆逝水流

年的作者。

我，真的不太愿意写回忆，特别是，已经脱离了卖字为生的时期。

《牯岭街少年杀人事件》，这些日子很常提及，四小时的杨德昌原作版本修复了。我总是在一个不相关地方欣赏着。我年少时的练笔之作。我记得，我当时练得十分认真。

———

我的一位上海同学说，这部电影，影响他的人生，十分之大。

他是一个成功的互联网创业者。他说他喜欢那样的氛围，也一直让人生活在电影的淡雅情调里，虽然台湾地区的早期经验显然与他的人生八竿子打不着，但他过几年就要再看一遍，捧着它回忆起青涩岁月的某段时光。我没有细问缘由，总之他一直是个气质不大一样的企业家。

几年前，我也曾在日本金泽的一个小酒吧里，遇到一个跟我搭讪的中年人。他知道我来自台湾地区，跟我说，他很喜欢一部台湾地区电影，手机拿出来，出现的赫然是《牯岭街少年杀人事件》，他问我："你看过吗？就是那一部里头一直有《Are you lonesome tonight》

的歌?"

我的心惊动了一下,然后很平静地对他说:"曾经看过。"然后就低头吃串烧。

我想,如果我告诉他,我参与过这个故事,他一定会觉得我说谎,也太巧了。

当然,我没有再把话说下去,可能跟这位中年文青一点也不帅有关。

呵呵。

我写完《牯岭街少年杀人事件》这本书大约是在一九九〇年,我二十五岁左右。一九九一年电影上映,书同时出版。

当时剧本已经大致成形,杨德昌一边拍片,我在没人看见的小角落里默默地写。我只看过杨导一两次,当时最初的剧本大纲刚成形,他还正在拍前几幕,通过出版社的推荐,他面前出现了我这么一个出过书但还不太有人认识的作者。记忆中的一幕,是他在拍片空当微笑地对我说:"你喜欢怎么写就怎么写,麻烦你了。"

很腼腆的笑容,如此而已,一种被宽容的自由,我非常感激。

我一直很感谢这种文青之间彼此体会、各自为政的自由。之后，我写过几部和电影有关的小说，包括徐小明导演的当年夏纳影展闭幕片（描写的也是台湾黑帮）——我几乎已经忘记曾写过这个小说，忘了二十多年，在我写这篇文章时才记起。这部电影真正捧红的，应该是歌手伍佰吧；还有王童导演的《无言的山丘》（写的是金瓜石矿工的故事）……这些写作的挑战对我来说非常美好，当年法律系本科毕业却喜好文学的我，本来就不是一个风花雪月的浪漫文青，甚至有着天生反骨。我喜欢有时代背景的大故事，不论黑白，不管有多残酷，我喜欢像控制外科手术刀一样的感觉，鲜血或情绪呼之欲出，但不喷溅过度。

我写的《无言的山丘》的结尾，甚至还和王导拍的电影结尾根本不同。尽管基于同一个剧本大纲，那些故事与人物，在文字里活出不太一致的风貌。

没有人管我，也不介意，不请求允许。

我不是一个很好的团队工作者。我很明白自己。后来创业基本上也全部都是独资独裁。我讨厌开会，宁愿努力搜集信息，观察，让理由说话。就算中年之后入世很深，是个生意人也是俗人，但前进时始终听见的是一种"远方不一样的鼓声"，不喜欢排在队伍里，也不太在意自己决定做一件事时，旁边到底有什么意见。

从心理学来说，杨导徐导王导都很尊重创作者的"界线"。我自己的作品改编过电视剧，我也不过问，因为我尊重"界线"。

《牯岭街少年杀人事件》整个故事缘起，绝非我的发想。真正的牯岭街少年杀人事件发生时是一九六一年，那时杨导还是少年，十四岁，和真正的新闻主角茅武一样，是台北建中夜间部（同时间上课的有建中补校）的学生。那是他的青春年鉴。一个压抑的、还在戒严的时代，一个觉得组黑帮很厉害的少年，在其实还不了解那是爱还是痴迷的年纪，为了某个单纯又糊涂的理由杀了他的情人。时代和大人们才是这个事件的教唆者吗？如果不是杨导，在那个只有靠剪报才能找到新闻事件的年代，我无由知道事件的始末。那年，我根本还没出生。

这个真实事件其实残酷，被杀的女孩，父亲在一九四八年战死，母亲带着才两岁的她到了台湾，相依为命；女儿被杀之后，母亲吞金自杀，后来被救活了。

茅武出生在书香世家，哥哥们都在念台大，姐妹都是念北一女，他一个人念建中补校，又因持刀到学校去被退学。我想除了情人移情别恋之外，他的压力本来就很大，那无可挥发的青春，跟黑帮兄弟在一起，图的是一点热度与火花。

我看过当时的判决文书。后来，茅武家被判赔偿十二万多新台币。那个年代，钱比现在大，但绝不是一笔巨款。嗯，一条年轻的生命在那个年代的估价。

据说茅武坐了十年牢，出狱时二十五岁，后来改名到了美国，从此消失在所有人的眼耳中。

然而，或许就是缘分，我跟牯岭街的渊源很深。我的最精华少女时期，十五岁到十八岁，就是在牯岭街杀人事件（当时的原址应该在牯岭街五号附近的暗巷里）事发现场度过。那个时候我从乡下来念北一女，最便宜的学生宿舍在牯岭街，里面住的大部分是北一女学生，八个人或十六个人一间，像集中营一样晚上十点熄灯（我的记忆细节从来不是清晰的）。有个七十岁的女舍监，骂起人来很恐怖，只有她的房间里有电视，听说她是抗日女英雄。我忘了她的脸，因为，我始终不敢直视她的脸。

几百个女生挤在两层楼的老房子里，共用八间浴室，没有洗衣机，没有供膳，没有隐私。父母给的生活费也不够充足。灯光永远不足，让我在十八岁时近视度数高达八九百度……到处充满规矩，否则舍监骂人如刀切菜。这三年牯岭街生活给我最大的启示，正是英国女作家弗吉尼亚·伍尔芙（Virginia Woolf）所说的："一个女人如果真的要写作，一定要有独立的经济能力和自己的房间。"

我记得，有一回，我和一位有些认识的建中同学在宿舍入口的地方交谈（我保证两人相隔一米远）。女舍监买东西回来，看到了，对我破口大骂说："狗男女！"

宿舍的桌上一个斗灯都没有，在共用光源下，当大家都在啃书，而我在稿纸上写作，是一件怪事。接到退稿，更是一件怪事。少女时期的我怀抱着作家梦，努力不倦地写，把写作当成自己唯一的精神生活，却连自己也不相信自己有朝一日会成功。

我不喜欢忆旧，是因为那个日子还真过得枯燥而辛苦，连笑都不能张狂。除了考试，就是规矩，我其实是个想法不太一样但行为还算乖巧的学生，但也常常因为某些我想不到的理由进出训导处。有一次，不知道在作文簿里写了什么，老师给我一个大大的零分，还扬言把我送到隔壁的警备总部（有关警总的威力，《牯岭街少年杀人事件》描写得很深入），还请我父亲到学校来讨论我的思想问题。我不太愿意回想那个语文老师的名字，那几年的语文课对我是一场绵长的噩梦，不过，当我变成一个"商业畅销作家"时,我仍然认为我该感谢那位老师,因为我心里其实一直想告诉她,你,不该给我零分,你记得吗?

我和杨导一样,少年时代都在牯岭街度过,虽然他早我十八年,但是戒严时代的气氛并无二致。对于既得利益的控制者而言,让百姓生活一直保持在同一个样子、同一种氛围,是最安稳的方式。

那三年,台湾地区仍然戒严,美丽岛事件发生,反政府者皆被打成"匪",林义雄家发生了灭门血案,似乎黑暗中有只手,借此残忍地杀鸡儆羊要所有反对者不要再轻易尝试。至今,没有找出任何凶手……

活在牯岭街的少年时期,读书是为了联考,其中都是禁忌,我很少真正笑过或觉得生命有意义。我持续写稿,是在跟自己对谈,怕我的灵魂在那么年少就死去。

———

在我当一个"大众畅销作家"时,我写作品,励志,阳光,就算包容着铁铮铮的现实,但也从来不是冰冷曲调。

我喜欢鼓励人看着未来,突破障碍,因为未来可以充满想象力。我根本是早期的"鸡汤"烹调者。

所以,我从来没有提及过《牯岭街少年杀人事件》，更不想借之来宣传什么。

那是杨德昌的代表作，我尊敬这部作品，也把它放在我心中的重要位置上，但是我不想依附它什么。我当时只是一个努力的写作者，企图对得起那个时代，那一幕幕惊心动魄又带着唯美感伤情怀的场景。

杨导的原版拍了四个多小时。

这本小说，我只写了六万多字。往坏处说，真不细致，往好处说，我不啰唆。那个氛围，我用我可以使唤的文字留住了它。

二十多年过去了，我很不想回忆，也是因为，为了写这本小说，我本来很单纯的人生发生了很多事，惊险，但说真的没有太愉快。

我记忆中最荒谬的场景是一个荒废的、一楼到处挂着蜘蛛丝的咖啡厅。

后来我在某报社当个安安静静的小编辑，有人托了人找到我，说要跟我谈谈。后来把我带到了暗巷里一个好像已经停业的咖啡厅。然后要我走入地下室，真是一级一级通往没有光的所在。

"你知道我是谁吗？"一个中年人，文质彬彬，是他召见我。旁边有几个大男人围着他。

我真不知道他是谁。

他说，他很喜欢我在《牯岭街少年杀人事件》中的写作方式。内敛，干净，冷冽，无过多情绪，对他们那个年代的江湖用语仿佛了如指掌。

"你的黑话，用得很适合。"他说。那是另一段惊险故事，为了了解那个时代的江湖，我采访了许多比我大了二十岁左右，混过帮派的大哥大姐。如果不是写这本小说，他们的世界，离我非常远。

"我这一生很精彩，希望你能来帮我写传记。"他说。

我……我……我……

我们只聊了一个小时吧，忘了我答了些什么，他对我下了个结论说："其实，你的个性也很江湖兄弟啊。"

呵，各位要知道，当时我可是一个长发披肩、穿着公主装的年轻女子而已，不认识我的人都说我很秀气……

我没有帮他写传记，因为他是当时的重要通缉犯。不久，他就远离了这个岛屿，很多年很多年，消失在新闻里。（提及现实人物，不管他是否还在世间，大凡我的记忆和别人的记忆有冲撞的地方，我仍然是小心的。）

有关那些提供我素材与帮我做黑话释疑的大哥大

姐,有几年时间他们还是我的朋友。有一阵子我失业,还有人有义气地帮我找工作。但是,我也很庆幸我没有过和他们一样的生活。毕竟,如果不生在乱世,常常演《水浒传》并不是很妙。

随便再释出一则早已忘却的记忆吧。有一次,我在某一咖啡厅采访其中一位我确定他早已退出江湖,而且还在职场上做得有声有色的大哥级人物。旁边桌子有个中年人,说话大声了点,很吵。肆无忌惮。

是有点讨厌,但是一般状况,大家都会忍受。

忽然,我看到桌上的玻璃烟灰缸就这样飞出去,打得那个中年人鼻子满是血。

这不是我的幻想。

你可以想见,我当时多么像一只被丢在枪林弹雨中的天竺鼠。

凡事不能好好讲吗?

我从他们的性格里头看见某种东西。一种任何教条或法则并非真的可以控制的东西。

特别是有些友谊还真难摆脱,为我当时制造了不少苦恼。

这让我悟到,武侠或帮派小说,总写到一入江湖,金盆洗手就难。那难,其实不是因为他的帮派舍不得他,而是他的性格像水坝闸门一样,那个门有时候会坏掉,洪水会冲出来。

还是回来说作品吧。我不提起,是因为《牯岭街少年杀人事件》和我的主要作品南辕北辙,就算是在营销策略上,绝对不相得益彰。

但我也必须承认,我并不永远只想写鸡汤。

我也喜欢阅读宫部美幸小说里那些让人打寒战的残忍情节。

我其实写过一两个杀人案,但没写完,如今停棺在我的计算机里。

我的确有另外一面。在写《牯岭街少年杀人事件》时,我意识到它。那一面,阳光并不普照。并不美好,但很重要。

只有甜味,食物是不会太好吃的。

它是我珍重的另一种不能没有的味道。

我不喜欢从什么抗议社会杀人的角度去理解电影的或事实的《牯岭街少年杀人事件》。似懂非懂的青春,冲动与热血与义气始终是相似词,荷尔蒙里面所饱含的不可控制因子,还存留来自原始基因的呼唤,是那么危险,又那么朴实。

有些事情,只有你年轻的时候会那么想、那么做。

是的,回忆珍贵,但多半时间我不喜欢回忆,我喜欢往前。不小心提当年勇时,我心里都有个声音告诉自己:你老啰?停止吧。

我最喜欢的作品,永远是我想要写出来的下一本书!